U0594469

成长读书课

名家公开课美绘版

欧洲民间故事

黄晖 编译

中国致公出版社 · 北京

图书在版编目（CIP）数据

　　欧洲民间故事：名家公开课美绘版 / 黄晖编译. ——
北京：中国致公出版社，2024.8
　　（成长读书课）
　　ISBN 978-7-5145-2243-3

　　Ⅰ．①欧… Ⅱ．①黄… Ⅲ．①民间故事—作品集—欧
洲 Ⅳ．①I507.3

　　中国国家版本馆CIP数据核字(2024)第043841号

欧洲民间故事：名家公开课美绘版 黄晖 编译
OUZHOU MINJIAN GUSHI：MINGJIA GONGKAIKE MEI-HUIBAN

出　　版	中国致公出版社	
	（北京市朝阳区八里庄西里100号住邦2000大厦1号楼西区21层）	
出　　品	湖北知音动漫有限公司	
	（武汉市东湖路179号）	
发　　行	中国致公出版社（010-66121708）	
作品企划	知音动漫图书·文艺坊	
责任编辑	胡梦怡	
责任校对	吕冬钰	
装帧设计	郑雨薇	
责任印制	翟锡麟	
印　　刷	武汉精一佳印刷有限公司	
版　　次	2024年8月第1版	
印　　次	2024年8月第1次印刷	
开　　本	875 mm×700 mm　1/16	
印　　张	10.25	
字　　数	92千字	
书　　号	ISBN 978-7-5145-2243-3	
定　　价	26.80元	

成长读书课
专家编委会

名师讲读团

张小华 陈盛 陈维贤 曹玉明 韩玉荣
黄羽西 李智 李玲玉 李旭东 刘宏业
罗爱娥 饶永香 王耿 王静 王林
王娟 汪荣辉 万咏英 游昕 姚佩琅
曾李 张天杨

复旦附中、华师一附中、湖南师大附中、北师大附小、华中师大附小、武汉小学……
多所中小学名校，一线特级教师、教研员倾情导读，音频精讲。
百万师生课堂内外共读之书。

这是一本配有"学习任务群"互动课程的书

"整本书阅读"课程设计

◁ 请配合本书二维码一起使用

难　　度	★ ★ ★ ☆ ☆（五年级上）

阅读计划　30 分钟 / 每天，共 7~10 天

阅读指导　当你翻开这本书，你会走进欧洲大陆的奇妙世界。这些民间故事，在岁月的长河中闪耀着独特的光芒，为我们展示了欧洲人民丰富的想象力、价值观和生活智慧。建议你们每天花上 30 分钟阅读这些有趣的民间故事，可以一边读一边拿出摘抄本，记下你认为有趣的情节，以及你的思考。

名师精讲　《走进欧洲大陆的奇妙世界》

写作 & 思考　将欧洲民间故事与中国民间故事、非洲民间故事进行比较阅读，思考他们之间的相似性与差异性。说说最触动你心灵的情节有哪些。

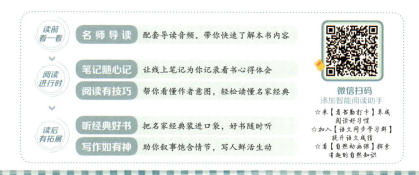

读前看一看　**名师导读**　配套导读音频，带你快速了解本书内容

阅读进行时　**笔记随心记**　让线上笔记为你记录看书心得体会
　　　　　　阅读有技巧　帮你看懂作者意图，轻松读懂名家经典

读后有拓展　**听经典好书**　把名家经典装进口袋，好书随时听
　　　　　　写作如有神　助你叙事饱含情节，写人鲜活生动

微信扫码
添加智能阅读助手
☆用【看书勤打卡】养成阅读好习惯
☆加入【语文同步学习群】提升语文成绩
☆看【自然动画课】探索有趣的自然知识

走进欧洲大陆的奇妙世界

在欧洲这片充满历史与文化底蕴的大陆上，流传着无数动人心弦，充满智慧与奇幻色彩的民间故事。这些故事犹如璀璨的星辰，在岁月的长河中闪耀着独特的光芒，滋养了一代代人的成长，为我们展示了欧洲人民丰富的想象力、价值观和生活智慧。让我们一起走进《欧洲民间故事》这座宝库，阅览珍藏在欧洲各地的文化瑰宝，感受这个奇妙世界的独特魅力。

欧洲民间流传的故事类型大致可以分为神话传说、英雄传奇、童话故事、寓言故事。神话传说是欧洲民间故事中最古老的部分，它们通常与宗教信仰和创世神话有关，以希腊神话和北欧神话最为著名。英雄传奇故事歌颂了那些勇敢无畏、为了正义和荣誉而战的英雄人物。如《亚瑟拔剑称王》讲述了年轻的亚瑟王如何成功拔出一把卡在巨石中的剑，并因此成为英格兰国王的故事，体现了人们对于勇气和智慧的赞美。童话故事则是够洲乃至全世界孩子们最喜爱的部分，充满了温馨和浪漫的情节。本书收录了《海的女儿》《小红帽》等家喻户晓的童话故事。也许，你对这些故事情节早就耳熟能详，这次不妨换一个角度再来读一读，找寻这些故事能够流传百年的原因。寓言故事则以简短而生动的故事形式，通过动物或人物的经历，揭示出深刻的道理。

欧洲民间故事源远流长，它们在数百年的口口相传中不断演变和发展，反映了不同地区、不同民族的历史、文化、风俗和信仰。欧洲民间故事往往充满了奇幻的元素，如魔法、精灵、巨人、美人鱼等。这些超自然的存在为故事增添了神秘的色彩，让读者走进一个奇幻的世界。《聪明的牧羊人》中，小牧羊人为了获得救赎，踏上了寻找藏在苹果里的精灵的旅程。

阅读本书时，你可以了解到欧洲各国和各民族拥有的独特文化传统和风俗习惯，这些特色在民间故事中得到了充分体现。如德国的民间故事常常发生在神秘的森林里，如《小红帽》；而英国的故事则多与热闹的城市相关，如《夜莺与玫瑰》；丹麦的故事有很多来自深蓝的大海，如《海的女儿》。

这些故事往往蕴含着深刻的人生哲理和道德教诲，同学们可别认为这些道理是无聊的说教。这些道理埋藏在曲折的情节和生动的人物形象中，传达了人们对于善良、勇敢、诚实、勤劳、智慧等美德的歌颂，以及对贪婪、自私、懒惰、怯懦等不良品质的批判。同学们可以找一找，这些故事中有哪些与中国民间故事相似，传递了相同的人生观、价值观，也可以试着挖掘这些相似性背后的原因。

欧洲民间故事是欧洲文化的重要组成部分，通过阅读这些故事，我们可以深入了解欧洲的历史、宗教、风俗习惯等方面的知识，增进对欧洲文化的理解和尊重。这些充满奇幻色彩的故事能够激发我们的想象力，让我们在脑海中构建出一个个奇妙的世界。同时，也有助于培养我们的创造力，为我们的思维打开新的窗口。

这些民间故事丰富多彩，适合多种阅读方式相结合。可以采用默读、朗读、亲子共读等多种方式来阅读这些故事。默读可以让我们更深入地思考故事的内涵，朗读可以增强语感和表达能力，亲子共读则可以增进亲子之间的感情，共同分享阅读的快乐。读完故事后，你也可以与家人、朋友或同学进行讨论和交流，分享自己的感受和体会，从不同的角度去理解故事的意义。

总之，《欧洲民间故事》是一部值得我们细细品味的经典之作。它不仅是一部精彩的故事集，更是一座连接过去与现在、欧洲与世界的文化桥梁。让我们翻开这本书，走进欧洲民间故事的奇妙世界，感受其中的魅力与智慧，开启一段难忘的阅读之旅！

南欧

➤意大利←

伊塔洛·卡尔维诺：《聪明的牧羊人》/12

格拉多·尼罗西：《萨拉曼纳葡萄》/9

东欧

➤俄罗斯←

亚历山大·奥斯特洛夫斯基：《雪姑娘》/15

➤波兰←

《最美丽的手》/21

➤匈牙利←

法耶卡什：《牧鹅少年马季》/27

北欧

➤挪威◄

《海底的碾磨机》/136

➤丹麦◄

安徒生：《海的女儿》/143

西欧

➤英国◄

奥斯卡·王尔德：《快乐王子》/175

奥斯卡·王尔德：《夜莺与玫瑰》/189

托马斯·马洛礼：《亚瑟拔剑称王》98

➤法国←

夏尔·佩罗：《驴皮公主》/102

季诺夫人：《列那狐偷鱼》/118

中欧

➤德国←

格林兄弟：《小红帽》/124

格林兄弟：《汉塞尔与格莱特》/131

南欧

❖ 意 大 利 ❖

伊塔洛·卡尔维诺：《聪明的牧羊人》

从前，有一个小牧羊人，对人很不礼貌，总是喜欢惹是生非。有一次，他看见一个卖鸡蛋的农妇，头上顶着一筐鸡蛋，就调皮地扔了一块石头过去，把筐里的鸡蛋全都打碎了。农妇很生气，冲着他喊道："调皮的小牧羊人，你太可恶了，我要诅咒你永远也长不大，除非你能找到躲藏在三个会唱歌的苹果里的那个名叫巴尔加利娜的美丽女孩。"

小牧羊人为自己的无礼付出了代价，因为他真的长不大了。他发誓再也不会对别人不礼貌，但是后悔已经来不及了。

小牧羊人为了解除诅咒，不得不想方设法去寻找那个神秘的藏在三个会唱歌的苹果里的女孩。他背上行囊出发了。

不久，他来到一座桥上，看见一个小女孩坐在核桃壳里不停地摇晃着。小牧羊人很有礼貌地问："你好，我正在寻找藏在三个会唱歌的苹果里的美丽女孩巴尔加利娜，请问你知道她在哪里吗？"

那个小女孩见他很有礼貌，就回答说："我不知道，不过你可以带上这块石头，也许它会派上用场。"

小牧羊人接过石头，谢过这个小女孩，继续赶路。

不久他又走到一座桥边，遇见一个住在鸡蛋壳里的小女孩。小牧羊人很有礼貌地问："我正在寻找藏在三个会唱歌的苹果里的美丽女孩巴尔加利娜，请问你听说过她的消息吗？"

那个小女孩见他彬彬有礼，就回答说："没有啊，不过你可以把这把象牙梳子拿去，它也许会帮助到你。"

小牧羊人拿上象牙梳子，谢过这个小女孩，继续赶路。

后来，他来到一条小溪边，看见一个人正在把雾气往袋子里装。小牧羊人又很有礼貌地问这个人是否知道美丽的巴尔加利娜，这个人回答说不知道，不过他给了小牧羊人一口袋雾气，说："它会有用的。"

接着，小牧羊人又走到一个磨坊边，磨坊主是一只会说话的狐狸，它告诉小牧羊人："我知道你要找的人是谁，不过要找到她可不容易。你要一直勇敢地朝前走，走到一所敞着大门的房子，那房子里有一只挂着许多小铃铛的水晶鸟笼，笼子里就放着那三个会唱歌的苹果。你要拿走这只鸟笼，不过你可要当心看管鸟笼的老巫婆。如果她的两眼睁着，那说明她睡着了，如果她的两只眼睛是闭着的，那说明她是醒着的。"

小牧羊人非常感激狐狸，他按照狐狸的指引找到了那所房子。他看见老巫婆的眼睛是闭着的，知道她并没有睡着。

　　"喂，小伙子，"老巫婆说，"快过来看看我的头发，找找里面有没有虱子。"

　　小牧羊人马上过来给老巫婆捉虱子。慢慢地，老巫婆睁开了双眼，他知道老巫婆现在睡着了，于是连忙拿起水晶鸟笼逃走了。

　　正在这时，笼子上的小铃铛叮叮当当地响了起来，把老巫婆惊醒了。老巫婆赶紧派了一百名骑兵去追小牧羊人。小牧羊人灵机一动，掏出口袋里的那块石头丢了出去，石头马上变成了一座大山，把追来的骑兵挡住了，而且那些马还跌断了腿。骑兵们没有了马，只好步行回到老巫婆那里。

　　接着，老巫婆又派出两百名骑兵去追赶。眼看自己又陷入危险之中，小牧羊人急中生智，把那把象牙梳子扔了出去，梳子一下子变成像玻璃一样光滑的高山。不用说，那些马和骑兵全都滑了下来。

　　接着，老巫婆又派三百名骑兵去追赶。这次，小牧羊人掏出那一口袋雾气来，使劲儿往后一撒，三百名骑兵都被大雾迷住，失去了方向。

　　小牧羊人就这样又跑了一阵，终于逃出了老巫婆的领地。他觉得口渴了，可身边没有什么解渴的东西，于是他就从鸟笼里拿出一个苹果，准备切开来吃。这时，他突然听到一个细微的声音说道："拜托，请轻一点儿切，不然你会刺伤我的。"

于是他轻轻地切开苹果，吃了一半，把另一半装到口袋里。

终于，小牧羊人回到自己家附近。他坐在一口井边休息，伸手去摸口袋里的另一半苹果，却摸出来一个很小但很美丽的小姑娘。小姑娘说："你知道吗？我就是你要寻找的巴尔加利娜。"

小牧羊人找到了巴尔加利娜，别提多高兴了，他把她捧在手心里又唱又跳："我找到了巴尔加利娜，我终于可以长大了！"

巴尔加利娜也很高兴，她说："我喜欢吃米糕，你去给我拿一块米糕来好吗？我好饿。"

小牧羊人让巴尔加利娜在井边等着，他去给她找米糕了。

小牧羊人走后不久，一个被称为丑奴的女仆来井边打水，她发现了巴尔加利娜，端详了一会儿说："小姑娘，你怎么长得这么小巧，这么漂亮，而我却生得这么粗大，这么丑啊？"她越说越生气，就把巴尔加利娜扔进水井里了。

小牧羊人回来以后找不到巴尔加利娜了，感到十分伤心，他重新长大的希望也破灭了。

小牧羊人的妈妈平时也是从这口井里打水做饭的。有一天，她打水的时候发现水桶里有一条鱼，她就把鱼提回了家，晚饭时与小牧羊人一起吃了这条鱼，然后把鱼骨头丢到外面。

几年后，在丢鱼骨头的地方长出了一棵小树，小树越长越高，最后把整座房子的光线都挡住了。于是小牧羊人把树砍倒，劈成木柴搬到了家里。

多年以后，妈妈去世了，小牧羊人独自一个人生活在这里，他看上去比以前更瘦小了，不管他想什么办法，依然长不大。

小牧羊人每天清晨外出放羊，晚上才回到家里。可是最近家里发生了奇怪的事情，他晚上回到家时，发现早上用过的锅碗瓢盆都已经洗好了，这是怎么回事呀？太奇怪了。他不知道是谁在帮他做这些事情，最后他决定藏在门后观察一下，揭开这个秘密。

一天他假装出去放羊，其实躲在了门后面。不一会儿，他看到一位美丽的小姑娘从柴堆里走了出来，然后就去刷锅、洗碗、打扫房间、叠被子，做完了这些，她打开饭橱拿出一块米糕吃了起来。

小牧羊人猛地从门后跳出来，问道："你是谁？你是怎么进到我家里来的？"

小姑娘吓了一跳，随后解释说："我是巴尔加利娜，你还记得我吗？"小姑娘又说："我就是你掏那半只苹果时看到的巴尔加利娜呀，那天丑奴把我扔进水井里，我只好变成一条鱼，后来变成鱼骨头被扔在你家窗外，之后我又从鱼骨头变成了种子，再后来长成了树，一个劲儿地往上长，然后又被你劈成了木柴，如今你每天外出的时候，我就变成了一个小姑娘。"

"啊，原来是这样啊！"小牧羊人重新找到了可爱的巴尔加利娜，他又惊又喜。

说来也真奇怪，从此小牧羊人的个子竟然飞快地长了起来，而且美丽的巴尔加利娜也跟着他一起长大了。不久，小牧羊人就长成了英俊的青年，他和巴尔加利娜结了婚，从此过上了幸福的生活。

· 学习任务群 ·

想一想，小牧羊人是如何利用自己的聪明解决问题的？如果让你设计一个困难，你会如何设计呢？

格拉多·尼罗西：《萨拉曼纳葡萄》

从前，有一位美丽的公主。邻国的三个成年的王子都爱上了她。公主的父亲对他们三人说："照我看来，你们三个人不相上下，我决不能偏向任何一个。可是，我也不愿你们兄弟因此事发生嫌隙。你们三个人最好到国外游历六个月，回来时谁带的礼物最好，谁就成为我的女婿。"

三兄弟一起启程了。他们到了一个三岔路口，便各自朝着不同的方向走去。

老大旅行了五个月，但没有发现一件值得带回国的礼物。后来，在第六个月的一天清晨，住在一座遥远的城市里的他，听到窗外有小贩的叫卖声："卖地毯喽！卖地毯！"

他从窗口探出身子，小贩问他："买一块漂亮的地毯好吗？"

"我最不需要这玩意。"他回答说，"我的宫殿里到处都铺着地毯，连厨房也不例外！"

"可是，"小贩固执地说，"我敢肯定，你没有我这样的魔毯。"

"你的地毯有什么特别的地方？"

"你站在上面，它会带你到空中，飞到很远的地方去。"

王子弹了一下响指，说："这下我有件奇妙的礼物可以带回家了。伙计，你要多少钱啊？"

"一百克朗。"

"我买啦！"王子说着便付了一百克朗。

他一站上去，地毯就飞向空中，飞越高山和峡谷，降落在一家客栈里。他们兄弟三人早就商定六个月后在这里相聚，可是，两个弟弟还没有到达。

老二也走了很远，旅行了很多地方，可是直到最后几天还没找到一件合适的礼物。后来，他遇到一个小贩。

"卖望远镜喽！上等的望远镜！年轻人，要买望远镜吗？"

"我买望远镜干什么？"王子说，"告诉你，我家里有的是望远镜，而且是能看得挺远的。"

"我敢打赌，你从没见识过我这种有魔力的望远镜。"小贩说。

"你的望远镜有什么特别的地方？"

"用这种望远镜，你可以看一百公里远，而且还可以透过墙壁看见房子里面。"

王子高兴得叫了起来："妙极了！你要多少钱？"

"每架一百克朗。"

"喏，这是一百克朗，给我望远镜。"

他带着望远镜到了那个客栈，见了他大哥，两个人等着最小的弟弟回来。

直到最后一天，三王子什么也没找到，他完全失望了。在回家的路上，他遇到一个卖水果的小贩。

"萨拉曼纳葡萄！卖萨拉曼纳葡萄喽！来买可口的萨拉曼纳葡萄！"

王子以前从没听说过萨拉曼纳葡萄，因为他的国家不种这种葡萄。他问："你卖的是些什么样的葡萄？"

"萨拉曼纳葡萄，"水果贩子回答，"世界上没有比这更好的葡萄了。它们会产生出奇迹来。"

"什么样的奇迹？"

"把一颗葡萄放在一个垂死的人嘴里，他马上就会变成一个健康的人。"

"不可能吧！"王子喊道，"要是那样的话，我就买一些。你怎么卖？"

"论颗卖。不过我要为你定个特别的价格，每颗葡萄一百克朗。"

王子口袋里仅有三百克朗，他便买了三颗。他把买来的葡萄放到一只小盒子里，小心地在周围塞上棉花。接着就去跟自己的哥哥会合了。

弟兄三人在客栈里见了面，便相互询问带来了什么礼物。

"问我？嗨，只弄到一张小地毯……"大王子说。

"哎呀，我只搞到一架小望远镜……"二王子回答说。

"我只有一点水果，没啥名堂。"三王子说。

"我不知道现在家里的情况怎样，公主在宫殿里做什么。"一位王子说。

二王子无意地将他的望远镜对准了自己国家的都城。那里情况一切如常。接着，他又向邻国望去，因为他们心爱的人在那儿。突然，他情不自禁地喊了一声。

"怎么回事？"大王子和三王子问。

"我看见了我们心爱的人的宫殿，外面停着一长串马车，人们都在伤心地哭泣。宫殿里面……我看见一位医生和一位神父站在一个人的身旁，不错，是在公主的身旁。她躺在那儿一动也不动，脸色苍白。快，弟兄们，我们要赶到她那儿去，否则就来不及了……她快要死了！"

"我们没办法赶到呀，到那儿有五十多公里路呢。"

"别发愁，"大王子说，"我们会及时赶到那儿的。快，都站到我的地毯上来。"

地毯一直朝公主的房间飞去，并从窗口飞进了房间，降落在公主床边。它降落以后，看起来跟床边的普通地毯没有什么不同。弟兄三人走了下来。

这时三王子已把三颗萨拉曼纳葡萄旁边的棉花拿掉，将其中一颗放进公主苍白的嘴里。她吞了下去，马上睁开了眼睛。接着，王子把第二颗葡萄放到她的嘴里，她的皮肤立刻红润了。他又把最后一颗给她吃下，她立刻开始呼吸，并举起了胳膊——她好了。她在床上坐起来，叫侍女给她穿上她最漂亮的衣服。

大家都兴高采烈。突然，三王子说："这回，我胜利了，公主将做我的新娘。没有萨拉曼纳葡萄，她现在已经死去啦。"

"不，弟弟，"二王子说，"要不是我有望远镜，或不告诉你公主病危的话，你的葡萄就毫无用处。因此，我要跟公主结婚。"

"对不起，弟弟，"大王子插嘴说，"公主是我的，谁也不能从我身边把她抢走。你们的贡献跟我的比较起来算不了什么。是我的地毯把我们及时送到这儿来的。"

国王原先想避免不和，但他们反而吵得更厉害了，甚至厮打起来。国王决定了结此事，他把这三个年轻人赶回他们的国家，把自己的女儿嫁给了两手空空、什么也没带来的第四个求婚者。

·学习任务群·

在这次营救公主的行动中，你认为三位王子里，哪位王子的贡献最大？和同学们讨论一下吧！

东欧

俄 罗 斯

亚历山大·奥斯特洛夫斯基：《雪姑娘》

从前，有一个叫伊万的农民，他的妻子叫玛丽亚，两人相亲相爱，幸福地生活在一起，只是他们一直都没有自己的孩子，就这样在孤独中一天天老去。他们为此而深深难过，只有每当看到别人的孩子时，才会感到一些安慰。可是，他们又能怎么办呢？这也许就是命中注定吧！冬天来临，下了一场过膝的大雪，孩子们都在外面玩雪，两位老人坐在窗户边静静地看着他们。孩子们跑来跑去，蹦蹦跳跳地玩着，他们还用雪堆了一个雪人。伊万和玛丽亚安静地看着一切，陷入了沉思。突然，伊万笑着说："老婆，我们应该去堆一个雪人！"

玛丽亚也高兴起来。

"好啊！"她说，"走，我们也去玩玩！就为你堆一个雪人。既然上帝没有赐予我们一个孩子，那我们就为自己堆一个雪孩子吧！"

"对，就是这样。"伊万说着，戴上帽子和老太婆一起走到院子里。

他们真的要堆一个雪娃娃：先用雪滚出躯干、胳臂和腿，然后在最上面放上一个圆圆的雪球，当作雪娃娃的脑袋。

"上帝保佑。"有个过路人说道。

"谢谢，非常感谢！"伊万回答说。

"你们在做什么呢？"

"如你所见，就是这个！"伊万说道。

玛丽亚笑了，她补充说："在堆雪姑娘。"

他们给雪姑娘做了鼻子，在额头上点了两个窝窝做眼睛，当伊万刚画完嘴巴，他突然感到一阵温暖。伊万匆忙把手拿开，仔细看着雪姑娘。她额头上的眼窝已经鼓了起来，里面扑闪着淡蓝色的眼睛，她那深红色的嘴唇正露着微笑。

"怎么回事？难道是错觉吗？"伊万说着，在胸前画了个十字。

这时雪娃娃把头转向他，她真的活了，轻轻抖动着胳膊和双腿，那样子就好像是裹着尿布吃奶的婴儿。

"哎呀，伊万，伊万！"玛丽亚高兴得哭了，因喜悦而颤抖着，"这是神赐予我们的孩子！"她说着跑过去紧紧地抱住雪姑娘。雪姑娘身上的雪像蛋壳一样脱落了，此时，玛丽亚怀里抱着的是一个真正的女孩儿。

"噢，我亲爱的雪姑娘！"老妇人说完，抱着这个渴望已久而意外得到的孩子跑回了屋子里。

伊万好不容易才从这一奇迹里清醒过来，玛丽亚却高兴得忘记了一切。

雪姑娘不是一天天地长大，而是每一个小时都在长大，伊万和玛丽亚觉得如果她是慢慢长大的话就更好了，因为他们怎么爱她都觉得不够。他们的屋子里洋溢着快乐。小姑娘一直待在村子里，人们逗她开心，把她打扮得像个洋娃娃，跟她聊天，给她唱歌，和她玩各种游戏，教她学习他们的一切。雪姑娘非常聪明，她全都看明白，并且学会了。

在这个冬天，雪姑娘已经长成了一个 13 岁的小姑娘：她什么都懂，可以谈论所有的事情，她说话的声音甜美得令人听得出神。她是那样的善良、乖巧，对所有人都很热情。她有着雪白的肌肤，天蓝色的眼睛，浅褐色的发辫垂到腰际，脸上没有一丝红晕，就好像身体里没有流动的血液。也正因为如此，她显得那样清秀美丽，令人赞叹不已。她常常玩得入迷，那样子令人开心、愉快，从心里感到喜悦。所有人都对雪姑娘百看不厌，老妇人玛丽亚对她更是宠爱。

"伊万，你瞧！"玛丽亚对丈夫说道，"上帝终于让我们可以安享晚年了，我内心的悲伤终究是过去了！"

伊万对她说："感谢上帝！世间的快乐不会永恒，悲伤也不会无止境。”

冬天过去了，春天的阳光温暖了大地。林间空地上长满了绿油油的嫩草，云雀在歌唱。美丽的姑娘们聚集在一起，跳着圆圈舞，唱着歌：

"美丽的春天！你怎么来，你坐着什么来？坐着木犁来，坐着木耙来！"

可是雪姑娘却有些闷闷不乐。

"我的孩子，你怎么了？"玛丽亚心疼她，不止一次地问，"你生病了吗？总是这样不开心，满面倦容。是不是有坏人用邪恶的眼看了你，让你中了邪呢？"

可是雪姑娘每次都回答她说："我没事的，奶奶！我很健康。"

当春天用最温暖的阳光融化最后一处积雪，花儿开了，草地绿了，夜莺开始尽情歌唱，所有的鸟儿都来加入这歌唱中，一切变得活跃和无比愉快了。雪姑娘的内心却越发烦闷，她躲开朋友们，藏在阳光照不到的阴影里，就像隐蔽在大树下的铃兰一样。她只喜欢做一件事，那就是在大柳树下冰凉的泉水里玩耍。

相比阴凉和冷冷的泉水，雪姑娘更喜欢绵绵细雨，在雨幕和昏暗中，她会变得快乐起来。有一次，乌云密布，下起了大冰雹，雪姑娘兴奋极了，那样子就好像别的人见到了滚滚而来的珍珠一样高兴。可是，当阳光再次普照大地，冰雹化成了水，雪姑娘伤心地大哭了一场，她挥洒着泪水，就好像姐姐为了弟弟伤心痛哭。

当春天过去了，盛夏已经来临。村子里的女孩子们打算去森林里散步，她们来叫雪姑娘一起去，她们恳求老奶奶玛丽亚："就让雪姑娘和我们一起去吧！"

玛丽亚不希望雪姑娘离开，她不想让她和姑娘们一起去，可是又没有办法拒绝。玛丽亚心想，或许她的雪姑娘应该出去散散心。于是她为雪姑娘打扮了一番，在她额头上留下一吻，说道："我的孩子，去吧，和朋友们玩得开心一点！女孩子们，你们要照顾好我的雪姑娘，你们也知道，她是我的心头肉！"

"好的，知道啦！"姑娘们高兴地嚷嚷着，拉上雪姑娘一起往森林里走去。她们在森林里为自己编了花环，采了大把的鲜花，唱着快乐的歌。雪姑娘和她们寸步不离。

太阳落山了，女孩子们用一些干草和小树枝生起一堆篝火，她们戴着花环，一个挨一个地站成一排，雪姑娘排在最后。

"看着，"她们说，"你要像我们一样跟着跑起来，不要落下了！"

于是，所有人一起唱着歌，一个接一个从火堆上跳过去。

突然她们身后传来一声呻吟：

"啊——"

她们环顾四周，一个人也没有。她们相互望了望，发现雪姑娘不见了。

"哦，可能，她藏起来了吧，是个恶作剧。"她们说着分头去找，但是怎么也找不到雪姑娘。她们一声声地呼唤，却没有她的回应。

"她会去哪里呢？"女孩子们讨论着。

"很显然，她回家了。"她们说完便一起回到村子里，可是雪姑娘不在村子里。第二天她们找了一整天，第三天又找了一天。她们找遍了整个树林，一丛灌木接一丛灌木，一棵树接一棵树地找了个遍。雪姑娘始终没有出现，消失得无影无踪。伊万和玛丽亚因为雪姑娘的消失而悲痛不已。可怜的老太婆有很长一段时间每天都去树林里找她，像杜鹃啼哭一样呼唤："喂，喂，雪姑娘！喂，喂，雪姑娘！"

不止一次地，她仿佛听见雪姑娘回应的声音："哎！"雪姑娘到底还是没有回来！雪姑娘去了哪里呢？是凶猛的野兽把她抓去茂密的森林里，还是猛禽把她带到了蓝色的大海边？

不是的，不是猛兽把她抓去了茂密的森林里，也不是猛禽把她带到了蓝色的大海边，而是当雪姑娘跟在朋友们后面跑着跳过火堆时，她突然间就变成了水蒸气升上了天空，凝结成一团薄薄的云，然后慢慢消散，向很高很高的地方飘走了。

→ 波兰 ←

《最美丽的手》

老公爵坐在披着熊皮的槲木椅子上。炉子里的火烧得很旺，可是他觉得自己的每根骨头都是透心凉的。

"是我该走的时候了，"他伤心地想，"我要永远离开……"

他慢慢从椅子上站起身，走到一个小窗前。周围是漂亮的大树，从半开半掩的门口飘来璎珞柏烟的香味，那儿正在熏肉。不远的地方，人们盖了许多新房子。穿着厚亚麻布衬衫的人在抬木材。再远一点儿的地方，孩子们一边奔跑，一边高兴地叫嚷着。

"这片土地需要一个英明的统治者。"他悄声说。

他自己努力做到公正统治。他经常去向自己的夫人讨教，因为那女人很聪明。她常给丈夫出主意，用自己的善良扶持丈夫。可惜她去世得太早了，那就让儿子娶一个像她那样的女人吧。可是如今到哪里去找这样的女人呢？

夕阳西下了，窗外有个什么东西在昏暗中啪啪响。公爵从敞开的门口朝外一看，大吃一惊：在最近的一棵树的树枝上蹲着一只巨大的雄鹰。雄鹰是他最喜爱的鸟，因为这种鸟保护原始森林，也因为这种鸟具有特别高尚的天性和帝王的威严，只是这雄鹰是从哪儿来的呢？

雄鹰却开口说话了："公爵，你不要为这片土地的命运担心。你把年轻的多布罗米尔派出去，让他满世界去寻找，给自己找一个善良、聪明、高尚的妻子。"

"可是，他怎么会知道，是这一个人还是那一个人跟他有缘分呢？"

"根据手呀，根据手辨认。哪一个姑娘的双手最美丽，哪一个姑娘就是他命中注定的妻子。他必须亲自从见到的许多女人的手中辨认出那双手来。到那时，你对他的命运和这片土地的命运就可以放心了。"

昏暗笼罩了树木。当老公爵明白过来的时候，雄鹰已经不见了。它果真在这儿过？莫不是什么魔法？

老公爵陷入了沉思——"最美丽的手"，是呀，他听得很清楚。他的夫人多布罗赫娜是不是有过一双美丽的手呢？她很聪明、善良，而她那双手是勤劳的，不是在织就是在纺……是不是最美丽的呢？他无法做出回答。

早上，他把儿子叫到眼前，久久望着这个年轻人。年轻人身材魁梧，额头高，眼睛明亮而充满善意，看人时注意力非常集中。他站在父亲面前，等待他的训示。

老公爵说："儿子，我的生命快到尽头了。我期望，你能用强壮的臂膀和公正的方式来统治这片土地。在此之前，我希望，你能给我找到一个儿媳妇。希望你能找到一个跟你和这个国家相匹配的姑娘做妻子，希望她将来能给你出好主意，成为能跟你同甘共苦的朋友。"

"父亲……"

年轻人刚开口，老公爵就打断了他的话："你到世界上去找吧，找一个像你母亲那样的人。唯一的条件是：她必须有一双最美丽的手。你明白吗？"

年轻的多布罗米尔一声不吭。他望着父亲，不明白那古怪条件的含义。他从来没有违抗过父亲的意志。父亲一生执政英明而又公正，在需要的时候，他英勇地抵抗敌人，打猎的时候也是勇猛过人。

老公爵接着说："我给你一只手镯。瞧，这扭在一起的槲树叶子闪闪发光，多么漂亮！它是件古物，还是你母亲的奶奶从梅什科大公夫人多布拉瓦那儿得到的礼物。你母亲戴过，让它将来也会戴在你的妻子的手上，为她增添秀色吧。但你得记住，必须是最美丽的手。这关系到你的命运，最美丽的……"

少公爵跪在父亲的膝前，老人抱住了他的头。

第二天，年轻的多布罗米尔就出了远门。他骑着快马，披挂着与公爵继承人身份相称的甲胄。他走过森林和田野的大路，穿过茂密的原始森林，遇见过熊和猞猁。他在篝火旁过夜，听着古老槲树的喧哗。他碰见过远道而来的商队的大车行列。他经过无数村落和城堡。好客的大门不止一次地向他敞开过，他不止一次目睹过美丽的姑娘，看过她们的手。有的光滑、洁白，没有从事过任何艰苦的劳动；有的黝黑、强壮，能毫不费力地搭箭拉弓。有一次，他遇见一个脸蛋儿标致的姑娘在弹琴，那纤细的手指拨动着琴弦。这双小手他想了一夜，但是不是最美丽的呢？父亲说的美，恐怕不是外表的美，而是有更深的含义。

他能找到自己日夜寻找的东西吗？

现在他正穿过原始密林。他已精疲力竭。突然，幽暗的大森林豁然开朗，他看见了一个村落。他到村边第一个茅舍前下马，推开破旧的吱吱响的柴门，走进了昏暗的房间。小窗旁坐着个姑娘，火红色的头发宛如松鼠的大尾巴，披散在她的双肩上。她的双膝上放着一块灰色的布，布上绣的是一朵鲜红的花。坐在她身边的黑发姑娘已用金线把太阳似的琥珀片缀到布上。两个姑娘同时跳了起来，惊诧地望着英俊的骑士。他是从哪儿来的？为什么突然到了这里？

多布罗米尔向美丽的姑娘们问好。

"就你俩住在这里？"

红头发的姑娘笑了，说道："啊，不，先生，是同妈妈和三妹住在一起。"

"请允许我在这儿休息一下。我远道而来，累了。"

大姑娘给他在凳子上铺了条干净毛巾。他注意到，她的手又白又嫩，看不见农村妇女沉重劳动的痕迹。另一个有双被太阳晒黑了的漂亮的手。

"我很想向二位的母亲问安，认识你们的三妹。"

黑发姑娘朝窗外瞥了一眼。

"太阳下山了，她们马上就会回来。她们一早就到地里剥麻去了。今年麻长得很好。"

"你们不帮忙？"他问。

"麻里的野草多刺，我们的手不习惯。我喜欢纺织，喜欢织花布，可剥麻这活儿太重，粗糙的手拿不动绣架。"红头发的姑娘说，"我们最小的妹妹米乌卡代替我们帮助妈妈干这种苦活儿。我们的妈妈是个好人，她很爱我们，愿意代我们去干这种苦活儿，可是米乌卡不让她一人干。啊，您瞧，她们已经从地里回来了。"

茅舍的门开了，进来一个老妇人，温和的脸上布满了皱纹。她身后跟着个姑娘，身材颀长，梳着像亚麻一样的浅色的发辫。

她手上抱着一捆麻，蔚蓝色的眼睛愉快地笑着。母亲看到了客人，向他问好，并按照乡村妇女的习惯低低地行了个屈膝礼。姑娘看见陌生的骑士，羞赧地站在一边。

"欢迎您，客人！"老妇人说，"我马上就去点燃灶里的火，给您送新鲜的牛奶来。"

"我去，妈妈，我去拿！你累了，而我有一双年轻人的手。"

她说罢，就消失在昏暗的走廊。母亲把亚麻台布铺在槲木桌子上，姑娘们从架子上取下盘子、罐子、木勺子，摆在台布上。母亲端出在枫树叶上烤得香喷喷的面包。最小的姑娘的发辫像阳光一样照亮了昏暗的走廊，她手上小心地端着一个装满牛奶的大罐子。多布罗米尔看了看她的手。她那双手又小又黑，布满了被飞廉刺过的伤痕，有的地方还被麻秆戳出了血，因为她一整天都在剥麻。夕阳给罐子和姑娘的双手镀上了一层金色，那时，多布罗米尔感到他的心在怦怦跳，似乎要跳出胸口。这一奇异的瞬间，他明白了一切。此刻他肯定明白了，他父亲想的是什么。这就是那双最美丽的手，这双手不害怕劳动，这双手乐于帮助母亲。手既然是美的，那么姑娘的心也应该是美的。年轻的多布罗米尔站起来，向姑娘深深地鞠了一躬，然后，等她把牛奶罐子放在桌子上，就拉起她的手，把那古老的手镯——自己家族的传家宝戴到了她的手腕上。

匈牙利

法耶卡什：《牧鹅少年马季》

从前，有一位妇人，她有一个儿子，名叫马季。他快长大成人了，却不愿意去做短工挣钱，母亲也拿他没办法。总之，马季宁愿闲坐在屋子的角落里，也不愿意出去干活儿。

"我可不愿意替别人干活儿！"每次母亲催促得紧了，他就这样说。马季虽然什么活儿都不愿意干，倒情愿去牧鹅。他养了十六只小鹅、两只大母鹅和一只大公鹅，总共十九只。

德布勒格有集市的那天，马季饲养的小鹅正好长大了。

马季对母亲说："妈妈，我这就把这些鹅赶到德布勒格集市上去卖。"

母亲却说："为啥把鹅赶到那里去呢？在村里照样也能卖呀。"

马季不听，母亲只好随他的便，并烤了大面包，给他路上吃。她想，他既然要去，就让他去吧。马季把三只大鹅留下，赶着十六只小鹅上路了。

他慢慢悠悠地赶着一群鹅来到德布勒格集市。当地的地主德布勒格老爷走到他跟前，责问道："你怎么敢按市价把这些鹅卖给我？"

"你得出双倍价钱，低于这个价，哪怕是我亲爸爸也不行。"马季回答。

"哎呀呀，"德布勒格老爷说，"你这个该上绞架的无赖，好大的胆哪，告诉你，还从来没有人敢对地主老爷我规定价钱哩！给你半价，怎么样？"

"不卖。我说过了，你得出双倍价钱。"

德布勒格老爷背后站着两个士兵。他向士兵下了一道命令："把这个该死的家伙抓起来，押回府去。这些鹅也一起赶回去。"

士兵把马季带到德布勒格老爷府里。他们自然把马季的鹅统统没收了，还狠狠打了他二十五棍。他们对他说，这就是付给他的鹅钱！

马季从鞭笞罪犯用的长凳上直起身子，说："好极了！为此，我要你付出三倍的代价！"

德布勒格老爷听后勃然大怒，对士兵说："把这流氓给我抓起来，再打他三十棍！"

士兵们抓住马季，把他摁在长凳上，又狠狠打了三十棍，然后把他放了。马季朝外走时，嘴里虽然不再吭声，却暗下决心要加倍报复。

几年时间过去了，马季在外地到处流浪，但他心里那口气一直没消。一天，他回到家乡，你猜，他听到什么消息了？他听说德布勒格老爷正在大兴土木，建造新的宅院。于是马季换上木匠的衣衫，来到德布勒格老爷的府邸。这时，新宅院刚建了一半。新宅院旁堆放着木料，刨得光光溜溜、整整齐齐。马季走过去，摆出木匠师傅的架势度量木料。

德布勒格老爷发现自己的宅院来了个外乡木匠，便走出来询问他是什么人，来这里干什么。

马季说："我是个外地木匠，能做一手好活计。"

德布勒格老爷正为盖新宅院的事发愁，便问："这些木料好不好？"

马季说："房子盖得倒还不错，可惜这些木料太差劲啦。"

德布勒格老爷开始盘算怎样补救。末了，他对马季说："我有座森林，里面有的是上等木材。要是这些木料盖房子不合适，你就跟我一起进林子去挑选木材吧！"

德布勒格老爷立刻命令上百名仆人拿着斧子到林子里去，他自己同马季坐一辆马车也跟着去了。

他们走进密林，越走越深。马季在四处寻找适合盖房子用的木材，他在树干上做了记号，吩咐一百名手持斧头的仆人把有标记的树全砍下来。

马季同德布勒格老爷接着往密林深处走去。最后，他们来到一个深谷，在这里，连仆人伐木的声音也听不到了。他们找到一棵大树。

马季指着大树对德布勒格老爷说："老爷，你量量这树有多粗，兴许这棵树最合适哩。"

德布勒格老爷用双手抱着大树，看看是否够粗。马季等待的正是这一时刻。他冷不防从树的另一边抓住德布勒格老爷的两只手，再用细绳捆绑起来。他还用苔藓堵住德布勒格老爷的嘴，免得让人听到他的喊叫。然后，马季拿出牧鹅用的棍子，狠狠地抽打德布勒格老爷。末了，马季把德布勒格老爷口袋里的钱全掏光，装进自己的口袋里。

临走前，他对那个只能睁大着眼睛，一句话也说不出来的老爷说："我不是木匠，我是马季。你还记得那个牧鹅少年吗？我就是牧鹅少年马季！我的鹅被你抢走了。你不但不付钱，还打了我一顿。我还要来找你两次，因为我发过誓，要你付出三倍代价，你还欠我两次打哩。"

说罢，他撇下德布勒格老爷，独自走了。那些伐木的仆人按照吩咐把树砍倒后，在原地休息，等候德布勒格老爷和马季回来。他们实在等得不耐烦了，便像猎人追逐兔子似的，满森林里奔跑，寻找野味。他们找了好半天，碰巧找到德布勒格老爷，却不见马季的踪影。他们走到德布勒格老爷跟前，发现他已经判若两人，半死不活，连话也几乎说不出来。

见到仆人，德布勒格老爷边呻吟边说："那小子不是木匠，是恶棍牧鹅少年马季！我没收过他的鹅群。可我记不起是什么时候的事了。他说，他还要来两次，而且还要揍我。"

他们拿来被单，把德布勒格老爷抬回家。德布勒格老爷吓出一场病，卧床不起。他四处请医生，可是没有一个医生敢来给他治病。几天以后，这消息便传到马季耳朵里，他又想出一条妙计。

他换上医生的行头，坐着马车，直奔德布勒格老爷居住的那个镇子。他住进一家旅店，装出一副医术高明的医生的派头。

他问店主："此地有什么新闻吗？"

"倒没有什么特别的新闻，只是德布勒格老爷病得厉害。谁能治好他的病，谁就能得到一大笔酬金。"

马季捻着两撇往上翘起的胡须说："我是医生，能治好他的病。"

店主喜出望外，立即派人给德布勒格老爷捎话，说是来了一位外地医生，包治百病，快派人来接他。

果然，德布勒格老爷派马车来接马季了。马季来到病人身边，给他全身检查了一遍，又观察了许久，摇摇头。德布勒格老爷望望马季，有气无力地说："我是不是没救了？"

过了好一会儿，马季才回答："我尽力给你治吧。"

德布勒格老爷这才稍稍松了口气。马季吩咐厨娘立刻去生火烧洗澡水。然后，他把所有仆人全支使到森林去割草、挖树根。这样，屋子里除了德布勒格老爷和马季外，再没有别的人了。

等所有的人全走了以后，马季抽出一根棍子，走到德布勒格老爷跟前，说："我这就给你治疗治疗吧！"

他说着，用棍子把德布勒格老爷痛打一顿。德布勒格老爷吓蒙了，只是睁大着眼睛，却说不出话来。

"我不是医生，是牧鹅少年马季。"马季说。

他翻遍德布勒格老爷的衣兜和抽屉，把能找到的钱统统拿走，作为没收鹅群的补偿金。末了，他对德布勒格老爷说："我来过两次了！不过我还要再来一次。"

德布勒格老爷挨了一顿打，病情自然加重了。等仆人扛回草和树根时，马季早走了，德布勒格老爷一个劲儿地哼哼："他不是医生，是恶棍牧鹅少年马季！"

德布勒格老爷又破费了许多钱请医生，其中的一个医生居然把他的病给治好了。从此以后，德布勒格老爷总是随身带着卫兵，严加防范，不让马季有机会接近他。可是，时间一长，德布勒格老爷又把这事淡忘了。

一次，镇子里又逢集日。马季又想起该去找德布勒格老爷算账了。这次，他打扮成一个马贩子，弄来一匹骏马，骑着马进镇子去了。他混杂在其他商人中间，到集市去卖马。

他把马卖掉后，在镇子里闲逛，左顾右盼，等候德布勒格老爷的出现。在这个当儿，他听到有一个人在夸自己的马是市上跑得最快的。

马季走过去，搭讪着说："真的吗？我正需要这样一匹马。要是你能按照我要求的去做，我就把你的马买下。"

"愿意听从你的吩咐。"

"那好，"马季说，"你把马骑到大路上等着，看见德布勒格老爷坐着马车过来，你就大声叫喊：'我是牧鹅少年马季！'然后朝我指的方向疾驰。"

那个马贩子照着马季的话去做。他们在镇子边等了足足两个小时，德布勒格老爷果然坐着马车来了。

马贩子策马跑到马车旁边，大声喊道："我是牧鹅少年马季！"

听到喊声，德布勒格老爷立刻说："快，快，车夫，快追上他，谁抓住这个恶棍，就给谁两枚金币赏钱。喂，你们全都去追呀！"

车夫和卫兵全骑上马，追赶那个自称是牧鹅少年马贩子去了。德布勒格老爷独自一人坐在马车里，看着他们去追逐。

这时，马季从容不迫地走到他身边，不慌不忙地对他说："那个人不是牧鹅少年马季，我才是。"

一听这话，德布勒格老爷几乎晕倒在座位上。马季依然惩罚了这个快不省人事的老爷，然后又从他的口袋里取走所有的钱，并告诉他说，这是最后一次了。

说完，马季走开了，到别的地方去定居了。

·学习任务群·

你听说过阿凡提和巴依老爷斗智斗勇的故事吗？试试将阿凡提的故事与少年马季的故事进行对比阅读，找找其中的共同点和差异性。

北欧

→ 挪威 ←

《海底的碾磨机》

很久很久以前，有兄弟二人，哥哥富有，弟弟贫穷。圣诞节前夕，穷弟弟的家中连一点儿食物的碎屑也没有——无论是酸牛奶还是面包。因此，他决定去向哥哥乞求一些过圣诞节的食物。这不是他哥哥第一次给他食物了，但每次都很吝啬，这一次也不例外。

"如果你能按照我所说的去做，你可以得到整只火腿。"哥哥说。

可怜的弟弟想到家里揭不开锅的妻子，立刻答应了他，还对他表示了感激。

"我让你做的事，就是要你一直走到魔王那里去！"有钱的哥哥一边说一边扔了一只火腿给他。

"呃，不管是什么事，我都得遵守诺言。"弟弟说。

于是他拿了火腿，出发到魔王那里去。他一整天走啊走，到夜幕降临的时候，终于来到一个灯火辉煌的地方。

"就是这个地方。"弟弟想。

柴房外面站着一个老头儿，他长着又长又白的胡须，正在为圣诞节砍柴。

"晚上好！"弟弟说。

"晚上好！这么晚了，你到哪里去啊？"老人问。

"噢，我要去找魔王，不知道走的路对不对。"弟弟回答。

"哦，你走的路很对，这里就是。"老人说，"你进屋的时候，他们一定会买你的火腿，因为火腿在这里很罕见。但是，除非他们拿手摇碾磨机和你交换，否则你不要卖它。魔王的手摇碾磨机就放在他家门的背后。得到它以后，你走出来，我会教给你怎样使用和停止它。用这个碾磨机，什么东西都可以磨出来。"

弟弟在感谢老人给他的忠告后就去敲魔王的门。

他进门后遇到的事正如老人所说。大大小小的魔鬼都像蚂蚁一样簇拥着他，为买这只火腿互相抬高价格。

"说实在的，我和我的妻子要用这只火腿做我们圣诞节的晚餐，但是由于你们一心要买，看来只好留给你们了。"弟弟说，"如果你们决心要买，得拿那扇门后边的手摇碾磨机来交换。"

魔王很不情愿交出这个碾磨机，他们讨价还价地争论不休，但弟弟坚持到底，最后魔王不得不把碾磨机给了他。

弟弟回到院子里，向那个砍柴的老人请教怎么使用这个碾磨机。他学会了以后，向老人致谢，然后尽快往家走。可还没等到他回到家，圣诞节前夕的钟声已经敲响了十二下。

"你到底上哪儿去了？"弟弟的妻子说，"我在这儿坐着，等了一个又一个小时，圣诞节已经到了，可粥锅底下甚至没有烧火的木柴！"

"啊，我没有法子更早点儿回来了。哥哥让我去一个很远的地方。但是你看！"

他将碾磨机放在桌子上，用老人教他的方法吩咐碾磨机先磨出蜡烛，又磨出一块桌布，接着磨出了食物和啤酒，都是圣诞节的上好食物。他说什么，碾磨机就照他的要求磨出来。

弟弟的妻子想知道他是在什么地方得到这台碾磨机的，但是他没有告诉妻子。

"我在哪里得到的无关紧要，只要这台机器是好的，能不断磨出东西来就行了。"弟弟说。

接着，他继续磨出食物和饮料，以及圣诞节所用的各种好东西。

第二天，他邀请他的朋友们到家里来，因为他要举行一场盛宴。当他有钱的哥哥看见筵席上的东西时，简直气疯了，他妒忌弟弟拥有的一切。

"圣诞节前夜，他还那么穷，来到我家只为了向我乞求一点儿吃的东西。"哥哥想，"而现在他竟然在举行宴会，仿佛他是伯爵或国王似的！"

"你到底是从哪里得到这些财富的啊？"他问弟弟。

"从门背后得到的。"弟弟说。

他当然不想向他哥哥解释这件事。但是当夜色渐深，他喝得有些醉了，他克制不住自己，终于把那台碾磨机拿了出来。

"你看，这就是给我带来财富的东西！"他说。

他吩咐碾磨机磨出一样又一样的东西来。富有的哥哥见了这情形，愿意不惜任何代价得到这台碾磨机。最后他以三百块银币的价格得到了这台机器，不过弟弟还可以暂时保留这台碾磨机，直到草料晒干的时候为止。

"如果我能保留它那么长的时间，我可以磨出足够多的食物来。"他想。

在这期间，只要碾磨机不会生锈，肯定可以。

草料晒干的那一天，富有的哥哥得到了碾磨机，但是弟弟有意没有告诉他怎样停止这台碾磨机。

晚上，哥哥将碾磨机拿回家中。第二天早上，他吩咐妻子出去劳动，去跟在割草工人的后边将草散开。他说今天要自己准备午饭了。

快到吃午饭的时候，他把碾磨机放在厨房的桌子上。

"磨出鲱鱼和粥来，要又好又快！"哥哥命令着。

碾磨机开始源源不断地生产鲱鱼和粥。当家里所有的盘子和木盆都满了之后，浓浓的汁水流了厨房满地。哥哥笨手笨脚地拨弄着碾磨机，想叫它停止，但是不管他怎么转它、戳它，碾磨机仍然继续运转。不一会儿，粥已经积得很高，快要把哥哥淹死了。他赶紧打开通往客厅的门，但是没过多久，碾磨机磨出的粥已经灌满了客厅。关键时刻，哥哥抓住了淹没在粥的洪流中的门把手。不用说，他一打开门就被鲱鱼和粥冲了出去，一大堆食物流到了院子和田地里。

哥哥的妻子这时正忙于分散干草，她感觉终于到吃午饭的时候了。

"如果我的男人不叫我们回家，我们就自己回家吧。他一定不太知道怎样熬粥，我得回去帮他。"她对割草的工人说。

他们朝家走着，可刚翻过山走了一小截路，就遇到洪水一般的鲱鱼和粥乱七八糟地冲过来，而她的男人跑在洪流的最前头。

"要是你们每人有一百个胃就好了！可要小心别掉进粥里！"他一边叫喊着，一边从他们身边匆匆跑过，好像魔王跟在他的脚后跟似的，一直跑到他弟弟住的地方。他求弟弟，看在老天爷的分儿上，马上把碾磨机拿走。

他喊叫道："如果它再磨一个小时，整个村庄都要泡在鲱鱼和粥里面了！"

但是弟弟说，除非哥哥再给他三百块银币，不然他就不肯拿走，哥哥只好如数付给他。

现在穷弟弟既有了钱，又有了碾磨机，没过多久，他就盖起了一座比他哥哥更好的庄园。他用碾磨机磨出了很多金子，给他的庄园全贴上了金箔。庄园靠近海滨，它的光彩甚至照到了海湾的对岸。每一个航行经过这里的人，都要停泊一下，上岸访问，向住在金庄园中的富人致敬。他们都要看看这神奇的碾磨机，因为关于它的传说，传得很远、很广，没有一个人不知道。

很长时间以后，有一个船长也来看碾磨机。他问碾磨机能不能磨出盐来。

弟弟很肯定地回答："当然能，它能磨出许多许多盐来。"

船长听说之后，决心不管出多少钱都要得到它，如果必要的话，他甚至不惜动用武力。他幻想着如果自己有了这个宝物，就不必再漂洋过海到很远的地方去运盐回来。一开始弟弟不愿意卖掉碾磨机，但是船长一再恳求，最后，弟弟卖了它，得了几万块银币。

船长将碾磨机背在身上，不敢多停留，因为他怕碾磨机的主人改变主意。他向船的方向尽快走去，完全忘记了询问弟弟应该怎样使碾磨机停止碾磨。他离开海岸航行了一小段距离后，就把碾磨机拿到甲板上。

"磨出盐来，要又快又好！"船长吩咐道。

于是碾磨机开始转动，很快地喷出盐来。当船装满了盐时，船长想让碾磨机转停下来，但是不管船长说什么、怎么操纵，碾磨机仍然很快地转动，盐堆得越来越高，可怜的船沉了下去。

这台碾磨机就这样留在了海底，直到今天依然在产盐，传说这就是海水变咸的原因。

·学习任务群·

你还可以找到其他关于解释"海水为什么这么咸"的民间故事吗？

➤ 丹麦 ᐸ

安徒生：《海的女儿》

　　在海的远处，水是那么蓝，蓝得像最漂亮的矢车菊花瓣；又是那么清，清得像最透亮的玻璃；而且它是那么的深，深得任何锚链都达不到底，必须将很多教堂的尖塔一个个相连才可以从海底达到水面，而海的子民就住在那下面。

　　但是，人们千万不要认为那儿只是一片铺满了白沙的海底。不是的，那里面生长着最奇异的植物。那些植物的枝干跟叶子是那么柔软，只要水稍稍流动一下，它们就漂动起来，似乎它们是活着的东西。所有大小的鱼儿都在这些植物中间游来游去，像天空的飞鸟。海里最深的地方就是海王宫殿的所在之地。宫墙是用珊瑚垒成的，尖顶的高窗子是用最亮的琥珀砌成的；但是屋顶上却铺着黑色的蚌壳，它们随着水的流动能自如地开合。这是蛮好看的，因为每一个蚌壳里面都含有亮晶晶的珍珠，随便哪一颗珍珠都能成为女王王冠上最重要的装饰品。

住在这海底下的海王已经做了很多年的鳏夫，因此他的老母亲为他打理家务。她是一个聪明的女人，不过由于自己高贵的出身总是不可一世，所以她的尾巴上总戴着一打牡蛎——其余的贵族每人只能戴上半打。除此之外，她是值得大大的赞赏的，因为她特别爱那些小小的海洋公主——她的孙女们。她们是六个漂亮的孩子，而她们之中，那个最小的要算是最漂亮的了。她的皮肤又嫩又滑，像玫瑰的花瓣；她的眼睛是天蓝色的，像最深的湖水。可是，跟其他的公主一样，她没有腿，她身体的下部分是一条鱼尾。

她们能把全部漫长的岁月花费在墙上长有鲜花的大厅里。那些琥珀镶的大窗户是开着的，鱼儿朝着她们游来，就好像我们打开窗户的时候，燕子就飞进来一样。不过鱼儿径直游向这些小小的公主们，到她们的手里找东西吃，让她们来抚摸自己。

宫殿外面有一个非常大的花园，里边生长着很多火红和深蓝色的树木。树上的果子亮得像金子，花朵开得像燃烧着的火焰，花枝和叶子都在不停地摇摆。地上全部是最细的沙子，而且蓝得像硫黄发出的光焰。在这儿，到处都闪着一种奇异的、蓝色的光芒。头顶和脚下全是一片蓝色你很容易以为自己是在高高的空中而不是在海底。当海沉静的时候，你可以看见太阳，它就像一朵紫色的花，从它的花萼里射出各种色彩的光。

在花园里面，每一位小公主都有属于自己的一小块地方，在那上面她能随意栽种。有的将自己的花坛装扮得像一条鲸鱼，有的觉得最好将自己的花坛装扮得像一个小人鱼。不过最年幼的那位却把自己的花坛装扮得圆圆的，像一轮太阳，并且她也只种像太阳一样鲜红的花儿。她是一个古怪的孩子，不大爱说话，总是静静地在想些什么。当姐姐们用她们从沉船里找到的最奇特的东西来装饰她们的花园时，她除了像天空的太阳一样艳红的花朵之外，只愿意要一个漂亮的大理石像。这是一个用一块洁白的石头雕刻出来的帅气男子的石像，跟一条遭难的船一起沉到海底。她在那石像旁边种了一株像玫瑰花那样红的垂柳。这树长得特别茂盛，它鲜艳的枝叶垂向这个石像。它的倒影含有一种紫蓝的色调，跟它的枝条一样，那影子也从不静止，树根跟树顶看起来似乎在做着互相亲吻的游戏。

她最大的乐趣是听一些有关地面人类世界的故事。她的老祖母不得不将自己所有一切有关船只、城市、人类和动物的知识说给她听。让她感到美好的一件事情是：地上的花儿可以散发出香气来，而海底的花儿却不可以；地上的森林是绿色的，并且人们所看见的在树枝间游来游去的"鱼儿"可以唱得那么清脆和好听，让人感到愉快。老祖母所说的"鱼儿"实际上就是小鸟，可是假如老祖母不那样讲的话，小公主就听不明白这些故事了，因为她还从来没有看见过一只小鸟。

"等你到了十五岁的时候，"老祖母说，"我就允许你浮到海面上去。那时你能坐在月光底下的石头上，看巨大的船只从你身边驶过去。你也能看到树林和城市。"

那一年即将要到来了，这些姐妹中有一位到了十五岁；不过其他的呢——哦，她们一个比一个小一岁。所以最年幼的那位公主还要整整等上五个年头才可以从海底浮上来，去看一看人类的世界。但是每一位都答应下一位说，她会把她第一天所看到的东西说给大家听，毕竟她们的祖母所讲的实在是不太够了——她们所希望知道的东西真不知有多少！

她们谁也不如那位年幼的妹妹愿望强烈，而她恰恰要等待最久，并且她是那么沉默多思。不知有多少个夜晚，她站在开着的窗户旁边，透过深蓝色的海水向上面凝望，凝望着鱼儿晃动它们的尾巴和鱼鳍。她还看见月亮和星星——当然，它们射出的光微微发淡，不过透过海水，它们看上去要比在我们人眼中大得多。如果有一块跟黑云似的东西在它们下面浮过去，她就知道那不是一条鲸鱼在她上面游过去，而是一条装载着许多旅客的船在航行。不过那些旅客们怎么也想象不到，他们下面有一位漂亮的小人鱼，在向着船的龙骨伸出她一双洁白的手。

这时最大的那位公主已经满十五岁了，能够游到水面上去了。

在她回来的时候，她有无数的事情要说。可是她说，最美的事情是在海上风平浪静的时候，在月光下躺在沙滩上面，紧靠着海岸凝望那大城市里像无数星星一样闪亮的灯；聆听那音乐声、喧闹声、马车声，还有人的声音；聆听教堂传来当当的钟声。正因为她不可以到那儿去，所以她也就最渴望那些东西。

啊，最小的妹妹听得多么入神啊！当她晚间站在开着的窗户旁边，透过深蓝色的海水向上面望的时候，她便想起了那个大城市里面熙熙攘攘的声音，她似乎能听到整点的钟声朝她这里飘来。

第二年，第二个姐姐获得许可能浮出水面，随便向哪里游去。她浮出水面的时候，太阳刚刚下落，她觉得那景象真是美极了。她说，那时整个的天空看起来如同一块黄金，而云呢——哦，她实在没有办法把它们的美描述出来！它们在她头上掠过，一会儿红，一会儿紫。可是，掠过水面的野天鹅，比它们飞得还要快的，像一片又白又长的面纱。它们飞向太阳，她也朝太阳游去。不过太阳落下了，一片玫瑰色的晚霞也慢慢地消逝在海面跟云之间。

又过了一年，第三个姐姐游上去了。她是她们中最大胆的，所以她游到一条流进海里的大河里去了。她看到一些漂亮的青山，上面种满了一架架葡萄，看到宫殿和田庄在郁茂的树林中若隐若现；她听到各种鸟儿的歌声，它们唱得那么动听；她感受到太阳照得那么暖和，有时甚至必须沉入水里，好让她灼热的面孔可以得到一点清凉。在一个小河湾里，她遇到一群人间的小孩子，他们光着身子，在水中游来游去。她倒非常想跟他们玩一会儿，不过他们吓了一跳，逃走了。然后一个很小的黑色动物走了过来——那是一条小狗，不过她从来没有看见过小狗。它对她汪汪地叫得非常凶，使得她害怕起来，立刻逃到大海里去了。不过她永远忘不了那壮丽的森林，那绿色的山，那些可以在水里游泳的可爱的小宝宝——虽然他们没有跟鱼一样的尾巴。

第四个姐姐就不是那么大胆了，她停留在荒凉的大海上。她说，最美妙的事儿就是停在海上，因为你能从这儿向各处远方望去，而天空悬在上面跟一个巨大的玻璃钟一样。她看见过船只，可是这些船只离她非常远，看上去像一只海鸥。她看见过快乐的海豚翻着跟头，庞大的鲸鱼从鼻孔里喷水，就像有无数的喷泉在围绕着它们一样。

现在轮到那第五个姐姐了，她的生日恰好是在冬天，所以她可以看见其他的姐姐们在第一次浮出海面时所没有看见过的东西。海染上了一片绿色，巨大的冰山在周围移动。她说每一座冰山看上去都像一颗珠子，不过却比人类的建筑还要大得多。它们以各种奇奇怪怪的形状出现，像钻石一样射出光彩。她曾经在一个最大的冰山上坐过，让海风吹动她细长的头发，所有船只都惊慌地避开了她坐着的那块地方。可是在黄昏时分，天上突然布起了一片乌云，电闪起来了，雷鸣起来了，黑色的巨浪推起整块整块的冰，让它们在血红的雷电中闪着光。所有船只都收了帆，形成一种惊慌和恐怖的气氛，不过她却安静地坐在那浮动的冰山上，看着蓝色的闪电弯弯曲曲地射进反光的海中。

这些姐妹们不管哪一位，只要是第一次浮到海面上去，总是特别高兴地观看那些新鲜和美丽的东西。不过现在呢，她们已经是大女孩了，能够随便游到她们喜欢去的地方，所以这些东西就不再会引起她们的兴趣了。她们渴望回到家中来。一个多月之后，她们就说："还是住在海里好——家里是那么舒服啊！"

傍晚的时候，这五个姐妹经常手挽着手地浮在水面上排成一行。她们可以唱出好听的歌声——比人类的任何声音都要美。当风暴快要到来、她们觉得有些船只快要出事的时候，她们就游到那些船的前面，唱起特别动听的歌来，说海底下是多么可爱，并且告诉那些水手不要害怕沉到海底。不过那些人听不懂她们的歌词，他们认为这是飓风的声息。他们也想象不到他们能在海底看到多么美好的东西，因为假如船沉了，船上的人也都淹死了，他们只有作为死人才可以到达海王的宫殿。

有一天晚上，当姐妹们手挽着手游出海面的时候，最小的那位妹妹孤单地待在后面，看着她们。看样子她是想要哭一场，可是人鱼是没有眼泪的，所以她感到更加难受。

"啊，我多么希望自己已经到了十五岁啊！"她说，"我知道我肯定会喜欢上面的世界，喜欢住在那个世界里的人的。"

最后，她终于到了十五岁了。

"好了，现在你不需要我们管你了，"她的祖母老王太后说，"来吧，让我给你打扮得跟你的那些姐姐一样漂亮吧。"

然后她给这小姑娘的头发上戴上一个百合花做的花环，不过这花的每一个花瓣都是半颗珍珠。老太太又让八个大牡蛎紧紧地附贴在公主的尾上，来表示她尊贵的身份。

"哦！好疼啊！"小人鱼说。

"当然了，为了美丽，总是要吃点苦头的。"老祖母说。

唉，她倒非常想摆脱这些装饰品，把那沉重的花环扔到一边！她花园里的那些红花更适合她，不过她不敢这样做。

"再见吧！"她说，然后她游到水面上，像一个水泡那样轻盈和明朗。

当她把头探出海面的时候，太阳刚刚落下去，不过所有的云还是像玫瑰花和黄金一样地发着光；同时，在那淡红的天上，太白星已经在漂亮地、光亮地眨着眼睛。空气是温暖的、新鲜的。海特别平静，那儿停着一艘有三根桅杆的大船。船上只挂了一张帆，由于没有一丝儿风吹动，水手们正坐在护桅索的周围和帆桁的上面。

那儿有音乐，也有歌声。当夜幕降临时，各式各样的灯笼就全亮起来了，它们看上去就像飘在空中的世界各国的旗帜。小人鱼径直向船窗那儿游去。每当海浪将她托起来的时候，她都能透过像镜子一样的窗玻璃，看见里面站着很多服装华丽的男子；不过他们之中最帅的一位王子，他有一双黑色的大眼睛。可以肯定他的年龄还不到十六岁。今天是他的生日，正由于这个缘故，今天才这样热闹。

　　水手们在甲板上跳舞。当王子出来的时候，有一百多发焰火一齐朝天空射出。天空被照得跟白天一样，这吓坏了小人鱼，她赶快沉到水底。不过，不一会儿她又把头伸出来了——这时她觉得似乎满天的星星都在朝她落下，她从没看见过这样的焰火。很多巨大的太阳在四周旋转，光耀夺目的大鱼在朝蓝色的空中飞跃。这一切都映在这清澈的、平静的海上。这船全身都被照得那么亮，连每根细小的绳子都能看清，更不用说船上的人了。啊，这位年轻的王子是多么帅气啊！当音乐在这光辉灿烂的夜里渐渐消逝的时候，他和水手们握手，欢笑……

　　夜已经很深了，可是小人鱼没有办法把她的目光从这艘船和这位帅气的王子身上挪开。那些彩色的灯笼灭了，焰火不再朝空中发射了，炮声也停止了。不过在海的深处响起了一种嗡嗡和隆隆的声音。她坐在水上，一起一伏地漂着，所以她可以看到船舱里的东西。不过船加快了速度，它的帆都先后升起来了。浪涛大起来了，沉重的乌云飘起来了，远处打起闪电来了。啊，恐怖的大风暴要到来了！水手们因此都收下了帆。那条巨大的船在这狂暴的海上摇摇摆摆地朝前疾驰。浪涛跟庞大的黑山一样高涨，它想要折断桅杆。不过这船像天鹅一样，一会儿投进浪涛里面，一会儿又在高大的浪头上抬起头来。

小人鱼认为这是一种很有趣的航行，不过水手们却不这样想。这时，船发出了断裂的声音——它粗厚的板壁被袭来的浪涛打折了，船桅像芦苇一样在半腰折断了。船开始倾斜，水朝舱里冲了进去。这时小人鱼才明白他们遭遇了危险。她也要当心漂在水上的船梁和船的残骸。

天空立刻变得漆黑，她什么也看不见。然而当出现闪电的时候，天空又显得特别明亮，让她能看到船上的每一个人。这时每个人都在尽量为自己寻找生路。她非常关注那位王子。当那艘船裂开、向海的深处下沉的时候，她看见了他。小人鱼马上变得特别高兴起来，因为他这时要落到她这儿来了。不过她又记起人类是不能生活在水里的，他只有成了死人，才可以进入她父亲的宫殿。

不可以，决不可以让他死去！所以她从那些漂着的船梁和木板之间游过去，丝毫也没有想到它们可能将她砸死。她深深地沉入水里，然后又在浪涛中高高地浮出来，最后她终于到了那王子的身旁。在这狂暴的海里，他根本没有力量再浮起来，他的手臂和腿开始支持不住了，他帅气的眼睛已经闭起来了。如果不是小人鱼及时赶来，他一定会淹死的。她将他的头托出水面，让浪涛载着她和他一起随便漂流到什么地方去。

天明的时候，风暴已经过去了。那条船连一块碎片也没留下。鲜红的太阳升起来了，在水上明亮地照着。它好像在这位王子的脸上注入了生命，可是他的眼睛仍然是闭着的。小人鱼在他清秀的高额上吻了一下，将他透湿的长发理向脑后。她认为他的样子非常像海底小花园里的那尊大理石像。她又吻了他一下，希望他可以苏醒过来。

这时她眼前出现一片陆地和一群蔚蓝色的高山，山顶上闪耀着的白雪，看上去像睡着的天鹅。沿着海岸是一片漂亮的绿色树林，林子前边有一个教堂或者修道院——她不清楚究竟叫什么，总之是一座建筑。它的花园里长着一些柠檬树和橘子树，门前长着很高的棕榈。海在那儿形成一个小湾，水是特别平静的，不过从这儿一直到那积有许多细沙的石崖附近，都是非常深的。她托着这位帅气的王子向那儿游去，将他放到沙上，特别仔细地将他的头搁在温暖的太阳光里。

钟声在那幢高大的白色建筑物中响起来了，有很多年轻女子穿过花园走了出来。小人鱼赶紧朝海里游去，躲到露在海面上的几块大石头的后面。她用水面上的泡沫盖住了自己的头发和胸脯，好让谁也看不见她娇小的面孔。她在那儿凝望着，看有谁会来到那个可怜的王子身边。

过了一会儿，一个年轻的女子走过来了。这女子似乎特别吃惊，不久便找了许多人过来。小人鱼看到王子逐渐苏醒过来了，并且向四周的人发出微笑。不过他没有对小人鱼做出微笑的表情——当然，他一点儿也不清楚救他的人就是她。小人鱼感到特别难过，所以当他被抬进那幢雄伟的房子里去的时候，她伤心地跳进海里，回到她父亲的宫殿里去了。

她一直是一个沉着和冷静的孩子，这时她更是如此。她的姐姐们全问她，第一次升到海面上去，到底看到了一些什么东西，可是她什么也不说。

有好多个晚上和早晨，她浮出水面，朝她曾经放下王子的那个地方游去。她看见那花园里的果子熟了，被摘下来了；她看见高山顶上的雪融化了；不过她看不见那个王子。所以她每次回到宫殿，总是感到更痛苦。坐在她的小花园里用双手抱着跟那位王子相似的漂亮的大理石像，是她唯一的安慰。不过她再也不照料她的花儿了。这些花儿似乎是生长在旷野中的东西，铺得到处都是，它们的长梗和叶子跟树枝交织在一起，让这地方显得特别阴暗。

后来她再也忍受不住了，她把她的心事告诉给一个姐姐，马上其余的姐姐也就全知道了。不过除了她们和别的一两个人鱼以外，其他的人什么也不知道。她们之中有一位清楚那位王子是什么人。这个人鱼也看见过那次在船上举行的庆祝，她清楚这位王子是从什么地方来的、他的王国在哪里。

"走吧，小妹妹！"其他的公主说。她们彼此把手搭在肩上，一长排地浮到海面上，一直游到一块她们觉得是王子的宫殿的地方。

那宫殿是用一种发光的淡黄色石块建筑的，里面有很多宽大的大理石台阶——有一个台阶还一直伸进海里呢。华美的、金色的圆塔从屋顶上伸向空中。在围绕着那整个建筑物的圆柱中间，竖着许多大理石像，它们看上去像是活人一样。透过那些高大窗户的明亮玻璃，人们能看到一些富丽堂皇的大厅，里面挂着贵重的丝窗帘和织锦，墙上装饰着大幅的图画——就是只看看这些东西也是一桩特别愉快的事情。在最大的厅堂中间，有一个巨大的喷泉在喷着水。水柱一直朝上面的玻璃圆屋顶喷去，而阳光又透过这玻璃射下来，照到水面和水池里的植物上。

这时她知道了王子住在什么地方，她在那儿的水面上度过好几个黄昏和黑夜。她远远地朝陆地游去，比其他的姐姐敢去的地方还远。当然，她甚至游到那条窄小的河流里去，直到那个壮丽的大理石阳台下面——它长长的影子倒映在水上。她在那儿坐着，瞧着那位年轻的王子，不过这位王子却还认为月光中只有他一个人呢。

有好多个晚上，她看见他在音乐声中乘着那艘飘着很多旗帜的华丽的船。她从绿灯芯草中朝上面偷望。当风吹起她银白色的长面罩的时候，假如有人看到的话，他们总认为这是一只天鹅在展开它的翅膀。

有好多个夜里，在渔夫们打着火把出海捕鱼的时候，她听到他们对这位王子说了很多称赞的话语。她高兴起来，认为当浪涛把他冲击得半死的时候，是她救了他的生命；她记起他的头是如何紧紧地躺在她的怀里，她是那么热情地吻着他。不过这些事儿他自己一点也不知道，他连做梦都不会想到她。

她逐渐地开始爱起人类来，逐渐地开始盼望能够生活在他们中间。她认为他们的世界比她的天地大得多。当然，他们可以乘船在海上行驶，可以爬上高耸入云的大山，同时他们的土地，连带着森林和田野伸展开来，让她望都望不尽。她渴望知道的东西真是不少，不过她的姐姐们都不能回答她所有的问题。所以她只有问她的老祖母。老祖母对"上层世界"——那是老祖母给海边国家所起的恰当的名字——知道得相当详细。

"假如人类不淹死的话，"小人鱼问，"他们能永远活下去吗？他们会不会像我们住在海里的人一样死去呢？"

"一点也没错，"老祖母说，"他们也会死的，并且他们的生命甚至比我们还要短暂呢。我们能活到三百岁，但是当我们在这儿的生命结束时，我们就变成了水中的泡沫。我们甚至连一座坟墓都不留给我们这儿心爱的人呢。我们没有不灭的灵魂。我们跟那绿色的海草一样，一旦被割断了，就再也绿不了了！相反，人类有灵魂，他永远活着，即使身体变为尘土，他仍然活着。他升向明朗的天空，一直升向那些闪耀着的星星！就像我们升到水面、看见人间的世界一样，他们升到那些神秘的、华美的、我们永远不会看到的地方。"

　　"为什么我们没有一个不灭的灵魂呢？"小人鱼悲伤地问，"只要我可以变成人、能够进入天上的世界，哪怕在那儿只活一天，我都愿意放弃我在这儿可以活几百岁的生命。"

　　"你千万不能起这种念头，"老祖母说，"比起上面的人类，我们在这儿的生活要幸福美好得多！"

　　"那么我就只能死去化成泡沫在水上漂浮了。我将再也听不见浪涛的音乐，看不见漂亮的花朵和鲜红的太阳吗？难道我没办法得到一个不灭的灵魂吗？"

　　"没有！"老祖母说，"唯有当一个人爱你，把你当作比他父母还要亲近的人的时候，唯有当他把他全部的思想和爱情都放在你身上的时候，唯有当他答应现在跟将来永远对你忠诚的时候，他的灵魂才可以转移到你的身上去，然后你就会得到一份人类的快乐。他就可以分给你一个灵魂，并且同时他自己的灵魂又可以保持不灭。不过这类事情是一直不会有的！我们在这儿海底所认为漂亮的东西——你的那条鱼尾——他们在陆地上却认为特别难看：他们不明白什么叫作美丑。在他们那儿，一个人想要显得漂亮，必须长有两根呆笨的支柱——他们把它们叫作腿！"

小人鱼叹了一口气，悲伤地望了自己的鱼尾巴一眼。

"我们放高兴些吧！"老祖母说，"在我们可以活着的这三百年中，让我们跳舞吧。这毕竟是一段相当长的时间，以后我们也能在我们的坟墓里欢心地休息了。今晚我们就在宫里开一个舞会吧！"

那真是一个壮观的场面，人们在陆地上是一直看不见的。这个宽广的舞厅里的墙壁和天花板是用厚且透明的玻璃砌成的。成百上千的草绿色和粉红色的巨大贝壳一排一排地竖在四边，它们里面燃着蓝色的火焰，照亮整个舞厅，照透了墙壁，也照亮了外面的海。人们能看到无数的大小鱼群朝这座水晶宫里游来，有的鳞上发着紫色的光，有的亮起来似乎是白银和金子。一股宽大的激流流过舞厅的中央，海里的男人和女人，唱着动听的歌，就在那激流上跳舞。这样优美的歌声，生活在陆地上的人们是唱不出来的。

在那些人中间，小人鱼唱得最动听。大家为她鼓掌，她心中有好一会儿感到特别快乐，因为她知道，在陆地上和海里只有她的声音最美。可是她马上又想起上面的那个世界，她忘不了那位帅气的王子，也忘不了她因为没有他那样不灭的灵魂而引起的悲愁。所以她偷偷地走出她父亲的宫殿：当里面正充满了歌声和快乐的时候，她却悲伤地坐在她的小花园里。忽然，她听见一声号角从水面上传来。她想："他一定是在上边行船了。他——我爱他胜过我的爸爸和妈妈；他——我每时每刻都在想念他。我把我一生的幸福放到他的手里，我要牺牲一切来争取他和一个不灭的灵魂。当现在我的姐姐们正在父亲的宫殿里跳舞的时候，我要去拜访那位海的巫婆。我一直是特别害怕她的，可是她也许可以教给我一些办法并帮助我吧。"

然后小人鱼走出了花园，朝一个掀起泡沫的漩涡走去——巫婆就住在它的后面。她以前从未走过这条路，那儿没有花，也没有海草，只有光溜溜的一片灰色沙底朝漩涡那儿伸去。水在那儿像一架喧闹的水车一样旋转着，将它所碰到的东西都转到水底去。要到达巫婆住的地方，她必须走过那急转的漩涡。有好长一段路程经过一条冒着热泡的泥地——巫婆把那地方叫作她的沼泽。在那后面有一个可怕的森林，她的房子就在里面，全部的大树和灌木林都是些珊瑚虫——一种半植物和半动物的东西。它们看上去很像地里露出来的多头蛇。它们的枝丫都是长长的、黏糊糊的手臂，它们的手指都像蠕虫一样柔软。它们从根到顶全是一节一节地在颤动。它们紧紧地抓住它们在海里可以抓得到的东西，丝毫也不放松。

小人鱼在这森林前面停下脚步，特别惊慌。她的心害怕得跳起来，她差点想转身回去。不过当她一想起那位王子和人的灵魂的时候，就又有了勇气。她将她漂动着的长头发牢牢地缠在她的头上，好让珊瑚虫抓不住她。她把双手紧紧地贴在胸前，然后她像水里跳着的鱼儿似的，在这些丑陋的珊瑚虫中间向前跳走，而那些珊瑚虫只有在她后面挥舞着它们柔软的长臂和手指。她看见它们每一个都抓住了一件什么东西，无数的小手臂抓住它，跟坚固的铁环一样。那些在海里淹死并沉到海底下的人们，在那些珊瑚虫的手臂里，露出白色的骸骨。它们紧紧地抓着船舵和箱子，抱着陆上动物的骸骨，还抱着一个被它们抓住和勒死了的小人鱼——这对她来说，是最可怕的事情。

这时她来到了森林中一块黏糊糊的空地，那儿又大又肥的水蛇在翻动着，露出它们淡黄色的、丑陋的肚皮。在那块空地中央有一幢用白骨垒成的房子，巫婆正坐在那儿，用食物喂一只癞蛤蟆，就像我们人用糖喂一只小金丝雀一样。

"我清楚你是来求什么的。"海的巫婆说，"你真傻！但是，漂亮的公主，我还是会让你达到你的目的的，因为这件事将给你一个悲惨的结局。你想要去掉你的鱼尾，长出两根支柱，好让你像人类一样能够行路。你想要让那位王子爱上你，让你能得到他，因此也得到一个不灭的灵魂。"这时，巫婆可恶地大笑了一通，癞蛤蟆滚到地上来，在四周爬来爬去。

"你来得正是时候，"巫婆说，"明天太阳出来以后，我就没法帮助你了，只有等待一年再说。我能煎一服药给你喝，你带着这服药，在太阳出来以前，赶紧游向陆地。你坐在海滩上，把这服药喝掉，然后你的尾巴就能分作两半，收缩成为人类所谓的漂亮双腿了。不过这个过程是很痛苦的——就像是有一把尖刀刺进你的身体。人类只要看到你，一定会说你是他们所见到的最漂亮的孩子！你将仍然会保持你游泳似的步子，任何舞蹈家也不会跳得像你那样轻柔。可是你的每一个步子都会让你觉得好像是在尖刀上行走，好像你的血在朝外流。假如你能忍受得了这些苦痛，我就能帮助你。"

"我能忍受。"小人鱼用颤抖的声音说，她想到了那位王子和她要获得一个不灭灵魂的代价。

"不过要记住，"巫婆说，"你一旦获得了人的形体，你就再也不可以变成人鱼了，就再也不可以走下水来，回到你姐姐或你爸爸的宫殿里来了。并且假如你得不到那个王子的爱情，假如你不能让他为你而忘记自己的父母，一心一意地爱你、与你结成夫妇的话，你就不能得到一个不灭的灵魂了。万一他和别人结婚，婚礼的第二天早晨，你的心就会碎裂，你就会化成水上的泡沫。"

"我不怕！"小人鱼说。不过她的脸像死人一样惨白。

"不过你还得给我酬劳！"巫婆说，"并且我所要的也并不是一件微小的东西。海底的人鱼中，你的声音要算是最动听的了。毫无疑问，你想用这声音去迷住他，不过这个声音你得交给我。我必须得到你最好的东西，作为我的贵重药物的交换品！我要把我自己的血放进这药里,好让它尖锐得像一柄两面都快的刀子！"

"可是，假如你把我的声音拿去了，"小人鱼说，"那么我还有什么东西剩下呢？"

"你还有漂亮的身材呀，"巫婆回答说，"你还有轻盈的步伐和富于表情的眼睛呀。有了这些东西，你就非常容易迷住一个男人的心了。唔，你已经丢掉了勇气吗？伸出你小小的舌头吧，我要把它割下来作为报酬，你也能得到这服强烈的药剂了。"

"就这么办吧。"小人鱼说。巫婆于是把药罐准备好，来煎这服富有魔力的药了。

"清洁是一件好事。"她说。然后她将几条蛇打成一个结，用它来清洗这罐子。随后她把自己的胸口抓破，让她的黑血滴进罐子里去。药的蒸汽奇形怪状地升向空中，看起来是非常骇人的。

每隔一会儿巫婆就加一点什么新的东西到药罐里去。在药煮到滚开的时候，有一个像鳄鱼的哭声一样的声音飘出来了。后来药算是煎好了，它的样子像特别清亮的水。

"拿去吧！"巫婆说，然后她就把小人鱼的舌头割掉了。小人鱼这时成了一个哑巴，既不可以唱歌，也不可以说话。

"在你穿过我的森林回去的时候，假如珊瑚虫捉住了你，"巫婆说，"你只要把这药水洒一滴到它们的身上，它们的手臂和指头就会裂成碎片向四边飞散。"不过小人鱼没有这样做的必要，因为当珊瑚虫一看见这亮晶晶的药水——它在她的手里亮得如同一颗闪耀的星星——的时候，它们就在她前面恐慌地缩回去了。这样，她非常快地就走过了森林、沼泽和激转的漩涡。

她能看到她父亲的宫殿了，那宽大的舞厅里的光把都灭了，无疑，里面的人都入睡了。可是她不敢再去看他们，因为她这时已经是一个哑巴了，并且就要永远离开他们了。她的心痛苦得几乎要裂成碎片，她悄悄地走进花园，在每个姐姐的花坛上摘下一朵花，对着王宫用手指飞吻一千下，然后她就游出这深蓝色的海。

当她看见那位王子的宫殿的时候，太阳还没有升起来。她停留在沙滩上。月光将沙滩映照成一片银色，特别美丽。小人鱼喝下那服强烈的药剂，立刻觉得好像有一把两面利刃的刀子切开了她纤细的身体，她立刻痛晕过去，似乎死去一样。当太阳照到海上的时候，她才醒过来，下半身的痛感还在持续。这时，有一位年轻英俊的王子站在她的前面，他乌黑的眼珠正看着她，盯得她不好意思地低下头来。这时她发现自己的鱼尾已经没有了，变成了两条修长的腿。但是她没有穿衣服，只能用她浓密的长头发遮掩自己的身体。王子问她是谁，怎么会在这儿。她用她深蓝色的眼睛温柔而又悲伤地看着他，因为她现在已经不会说话了。王子牵着她的手，将她带进宫殿里去，就像那巫婆和她说的一样，她感觉每一步都像是在锥子和利刃上行走，但是她情愿忍受这痛苦。她挽着王子的手臂，走起路来轻盈得像一个水泡。王子和所有的人看着她那文雅轻盈的步子，感到惊奇。

　　她穿上了用丝绸和细纱做的名贵衣服，成了宫殿里最漂亮的人，但是她是一个哑巴，既不能唱歌，也不能讲话。一位漂亮的女仆，穿着丝绸、戴着金银首饰走到王子和他的父母面前，开始表演唱歌。她唱得很迷人，王子情不自禁鼓起掌来，对她微笑了一下。小人鱼看到，感到一阵心痛，她知道，自己的歌声曾经比这歌声要美得多！她想："啊！只希望他知道，为了要和他在一起，我永远牺牲了我的声音！"

　　随后，女仆们伴着美妙的音乐，跳起优雅轻盈的舞蹈来。于是，小人鱼就举起自己那双美丽的、白嫩的手，用脚尖站着，在地板上轻盈地跳着舞——从来没有人这样跳舞。她的每一个动作都衬托出她的美丽，她的眼睛比女仆们的歌声更能打动人的心。

所有人都看得入了迷，尤其是那位王子——他把小人鱼叫作自己的"孤儿"。她不停地跳舞，尽管每次当她的脚接触地面，就像是在锋利的刀上行走一样。王子说，她以后应该永远和他在一起；然后她就得到了特许，睡在他门外的一个天鹅绒的垫子上面。

他让裁缝为她做了一套男子穿的衣服，好让她能够陪他骑马同行。他们走进香气扑鼻的树林，绿色的树枝划过她的肩膀，鸟儿在树叶后面唱着歌。她与王子爬上高山，即使她纤细的脚已经流出血来，并且也被大家看见了，她依然只是笑着，继续伴随着他，一直到他们看见云朵在下面移动，就像一群向遥远国家飞去的小鸟为止。

在王子的宫殿里，夜里大家都熟睡了以后，她朝那宽大的台阶走去。为了让自己那双发烧的脚可以感到一点清凉，她就踩在寒冷的海水里。这时她不禁想起了住在海底的家人。

有一天夜里，她的姐姐们手挽着手浮出海面，她们一面游泳，一面唱出凄怆的歌曲。这时候她就朝她们招手。她们认出了她，她们说她曾经让她们那么难过。从此以后，她们每天晚上都来看她。有一天晚上，她遥远地看到了多年不曾浮出海面的老祖母和戴着王冠的海王。他们向她伸出手来，但是他们不像她的那些姐姐，没有敢游近岸边。

王子一天比一天更爱她，他就像爱一个好孩子那样爱她，可是他从来没有娶她为王后的想法。但是她一定要做他的妻子，要不然她就不能得到一个不灭的灵魂，并且会在他结婚的头一个早上变成海上的泡沫。

"在所有人中，你是最爱我的吗？"当他把她抱进怀里亲她额头的时候，小人鱼的眼睛好像在这样问。

"是的，你就是我最亲爱的人！"王子说，"因为你在所有人里，拥有一颗最善良的心。你是我最亲爱的人，你特别像我那次见到过的一个年轻女子，但是我永远也看不见她了。那时候我坐在一艘船上——这船已经沉了——巨浪把我打到一个神庙旁的岸边，有几个年轻女子在那祈祷，她们中最年轻的一位在岸旁看见了我，因此救了我的生命。我只看见过她两次，她就是我在这世界上唯一爱的人，因为你和她很像，你几乎取代了她留在我的灵魂中的记忆。她是属于那个神庙的，因此我的幸运就是让你属于我，让我们永远不要分开！"

"啊，他居然不知道是我救了他的生命！"小人鱼想，"我将他从海里托上来，送到树林的神庙里。我躲在泡沫后面，窥望会不会有人来。直到我看到那个漂亮的姑娘——他爱她胜过爱我。"这时小人鱼深深地叹了一口气——她哭不出声音来。"他曾说过，这个姑娘是属于那个神庙的。她永远不会走向人类的世界，他们永远不会再见了。我每天都看见他，和他待在一起。我要照顾他、热爱他，对他奉献出我的生命！"

这时，有传闻说王子就要结婚了，他的妻子就是邻国国王的女儿。为了筹备婚事，王子准备了一艘漂亮的船，打算带着一大批随员前往邻国。他对外宣称自己去那里观赏风景，实际上是为了看望邻国国王的女儿。小人鱼摇了摇头，淡淡地笑着，她比任何人都能猜透王子的心事。

他对她说："我要去旅行！父母命令我去看一位漂亮的公主，但我并不爱她，他们不会强迫我把她作为未婚妻带回家来！你就像神庙里漂亮的姑娘，而她却不像。假如要选择新娘，我一定先选你——我亲爱的有一双可以讲话的眼睛的哑巴孤女。"

接着他吻了她鲜红的嘴唇，抚摸着她的长发，把他的头贴在她的心上，弄得她的这颗心又幻想起人间的幸福和一个不灭的灵魂。

他问："你不害怕海吗，我的哑巴孤女？"此时他们站在那艘华丽的船上，它正朝着邻近的王国开去。他和她探讨风暴和平静的大海，探讨那些生活在海里的奇奇怪怪的鱼儿和潜水员在海底可以看到的东西。对于这类事情，她只是微微一笑，因为关于海底的事儿她比谁都清楚。

月光皎洁的寂夜，大家都沉沉地睡去，唯独掌舵人站在舵旁。

这时的她坐在船边，聚精会神地看着下面清澈的海水，她感觉看见了父亲的王宫，祖母戴着银子做的王冠，正高高地站在王宫顶上，透过激流望向船的龙骨。不一会儿，她的姐姐们都浮到水面上来了，她们悲伤地看着她，痛苦地攥着她们白净的手。她朝她们招手、微笑，她好想告诉她们，自己现在的生活十分美好幸福。这时船上的一个侍者突然朝她这边走来，她的姐姐们立刻沉到水里，侍者环顾四周，认为自己刚刚看到的那些白色的东西可能是些海上的泡沫。

第二天清早，船开进了邻国皇城壮丽的港口，教堂的钟声都响起来了，号笛声从四面八方传来，士兵们拿着飘扬的旗子和明晃晃的刺刀行军礼。每天都轮流举行着舞会和晚会，但是公主还没有出现，大家说她在遥远的神庙里接受教育，学习皇家的一切美德，最后她终于出现了。

小人鱼急切地想要看看她的美貌，透过熙攘的人群，她终于看清了公主的脸，小人鱼从来没有见过比这更美的相貌。她的皮肤是那么细嫩、洁白，在她又黑又长的睫毛后面是一对微笑的、忠诚的、深蓝色的眼睛。

"就是你！"王子惊喜地说道，"那时的我像一具躺在岸上的死尸，是你救活了我！"接着，他把这位害羞的新嫁娘紧紧抱在自己怀里。"啊，我太幸福了！"他对小人鱼说，"这是我从来都不敢奢望的礼物，现在终于变为事实了。你会为我的幸福而感到高兴吧，因为你是所有人中最喜欢我的人！"

小人鱼亲了亲他的手，感觉心在碎裂。他举行婚礼后的第一个早晨，她会变成海上的泡沫。

教堂的钟声全部响起来了，传令人骑着马在街上宣布王子订婚的喜讯。每一个祭台上，芬芳的油脂都在珍贵的油灯里燃烧。祭司们挥着香炉，新郎和新娘挽手接受民众的祝福。小人鱼穿着丝绸、戴着金饰、托着新嫁娘的披纱，但是她的耳朵听不到这欢乐的音乐，她的眼睛看不到这神圣的仪式。她想起了她要死亡的早晨，和她在这世界上已经失去的全部东西。

这天晚上，新郎和新娘来到船上。礼炮响起，旗帜飘扬。船的中央架起了一个金紫相间的皇家帐篷，里面摆放着最美丽的垫子。在那儿，这对美丽的新婚夫妇将度过他们这清凉安静的夜晚。

风儿吹拂着船帆，船在清澈的海面上缓慢航行，风平浪静。

天色渐渐暗下来的时候，船上亮起了彩色的灯光，水手们快乐地在甲板上跳起舞来。小人鱼忍不住想起自己第一次浮上海面的情景，想到那时候看到的同样华丽和欢乐的场面，于是她跳起舞来，好像一只被追逐的燕子，自由地飞翔着。大家纷纷喝彩，热情称赞，她从来没有跳得那么漂亮。锋利的刀子似乎在刺向她细嫩的双脚，但是她感觉不到疼痛，因为她的心比这还要痛。

她知道这是她看见他的最后一晚——为了他，她离开了她的族人和家庭，交出了自己美丽的声音，每天承受着没有止境的疼痛，但他一点儿也不知道。今夜是她和他在一起呼吸同样空气的最后一晚，这是她可以看见深沉的海和布满星星的天空的最后一夜。然而一个没有思想和梦境的永恒夜晚在等待着她——没有灵魂、也得不到一个灵魂的她。直到半夜过后，船上的一切还是开心和愉快的，她笑着、跳着，但是她心中怀着死的想法。王子吻着自己漂亮的新娘，新娘抚弄着他乌黑的头发，他们挽着手到那华丽的帐篷里去休息。

船上现在已经很安静了，只有舵手站在舵旁。小人鱼把她洁白的手臂倚在舷墙上，朝东面凝望，等待着晨曦的出现——她知道，第一道阳光就会叫她死亡，她看到自己的姐姐们从波涛中浮现。她们像她一样苍白，漂亮的长发已不在风中飘荡了。

"我们已经把头发交给了那个巫婆，但愿她能帮助你，让你今后不至于死亡。她给了我们一把刀子，拿去吧，你看，它是那么快！在太阳没有出来之前，你必须把它插进那个王子的心里。当他的热血流到你的脚上，你的双脚又会连到一起，变成一条鱼尾，那时候你就可以恢复人鱼的原样，就可以回到海里来；这样，在你没有变成无生命的咸水泡沫之前，仍然可以再活三百年的岁月。快动手吧！在太阳没有出来以前，不是他死，就是你死！咱们的老祖母悲痛得连白发都掉光了，就像我们的头发被巫婆的剪刀剪落一样。杀死那个王子，赶快回来吧！快动手呀！你没有看见天上的红光吗？几分钟以后，太阳就出来了，那时你就必须死亡！"

她们发出一声奇怪的、深沉的叹息，随后便沉入浪涛之中。

小人鱼掀开了帐篷紫色的帘子，看到那位漂亮的新娘把头枕在王子的怀里，香甜地睡着。小人鱼弯下腰，在王子清秀的眉毛上亲了一下，随后朝天空凝望——朝霞渐渐地变得更亮了。她向尖刀看了一眼，接着又望向这个王子——他正在梦里喃喃地念着新娘的名字，脑海中只有他的新娘，刀子在小人鱼的手里发抖。就在这时候，她把刀子远远地扔进了浪花之中，刀子沉下去的地方，发出了一道红光，好似血滴溅出水面。她又一次将她模糊的视线投向那王子，然后她就从船上跳入海里，感觉自己的身躯逐渐融化为泡沫。

这时太阳从海平面缓缓升起，阳光柔和地、温暖地照在冰冷的泡沫上。小人鱼并没有感觉到死亡，她看见光明的太阳，看见在她上面漂浮着的无数透明的、漂亮的生物。透过它们，她可以看见船上的白帆和天空的彩云，它们的声音是和谐的音乐。可那是虚无缥缈的，人类的耳朵根本没有办法听见，就像地上的眼睛不能看到它们一样。它们没有翅膀，仅凭轻飘的形体在空中飘动。

小人鱼感觉自己也获得了那样的形体,慢慢地从泡沫中升了起来。

"我将朝谁走去呢?"她问。她的声音和这些生物一样,显得虚无缥缈,人世间的所有音乐都不能和它相比。

"到天空的女儿那儿去呀!"另一个声音回答说,"人鱼是没有不灭的灵魂的,并且永远都不会有这样的灵魂,除非她拥有一个平常人的爱情。她永恒的存在要依靠外来的力量。天空的女儿同样没有永恒的灵魂,但是她们可以通过善良的行为创造出一个灵魂。我们应该吹起清凉的风,然后把花香在空气中散布,我们应该散布健康和愉快的精神。三百年以后,当我们尽力做完了我们可能做的所有善行之后,我们就可以拥有一个不灭的灵魂,就可以分享人类一切永恒的幸福了。你,可怜的小人鱼,和我们一样,曾经全心全意地为这个目标而奋斗。你承受过痛苦并且坚持了下去,你已经超升到精灵的世界里来了。通过你的善良,在三百年以后,你就可以为自己创造出一个不灭的灵魂。"

小人鱼朝光明的太阳举起了光亮的手臂,她第一次感觉到泪水即将奔涌而出。

在这条船上,人声响起,活动又开始了。她看见王子和他漂亮的新娘在寻找她,他们伤心地看着那翻腾的泡沫,就像知道她已经跳进浪涛里去了似的。在冥冥中她亲吻着这位新娘的前额,面向王子微笑。随后她就跟空气中其他的孩子们一道,骑上玫瑰色的云朵，升到天空里去了。

"那样，三百年以后，我们就可以升入天国！"

"我们也许还不用等那么久！"一个声音低语着，"我们无形无影地飞进人类的房屋里去，这里面生活着一部分孩子。如果我们每天都能找到一个能给父母带来快乐的好孩子，上帝就可以缩短考验我们的时间。当我们飞过屋子的时候，孩子是不会知道的。当我们幸福地对着他笑的时候，我们就可以在这三百年中减去一年；如果我们看到一个顽皮恶劣的孩子，而不得不伤心地哭出来的时候，那么每一滴眼泪都使考验我们的日子增加一天。"

西欧

王尔德：《快乐王子》

　　快乐王子的像立在一根高圆柱上面，高高地耸在城市的上空。他浑身上下镀满了细细的金箔，眼睛上镶着两颗明亮的蓝宝石，剑柄上一颗硕大的红宝石闪闪发光。

　　他的确非常受人钦佩。

　　一位希望以艺术品位赢得声誉的市参议员说："他就像风信标那样漂亮。"不过他又害怕别人会把他看作一个不务实际的人，便加上一句，"只是他不及风信标那样有用。"

　　"为什么你不能像快乐王子那样呢？"一位聪明的母亲对她那个哭着要月亮的孩子说，"快乐王子从来不会为任何事情哭泣。"

　　"我真高兴世界上最终还有一个人是快乐的。"一个失意的人望着这座非常出色的雕像喃喃自语。

　　"他很像一个天使。"孤儿院的孩子们说，他们正从大教堂出来，披着光亮夺目的猩红色斗篷。

"你们怎么知道？"数学先生说，"你们从没有见过一位天使。"

"啊！可是我们在梦里见过的。"孩子们答道。数学先生皱起眉头，板着面孔，因为他不赞成小孩子做梦。

一天晚上，一只小燕子飞过城市的上空。他的朋友们六个星期以前就到埃及去了，但是他还留在后面，因为他恋着那根最美丽的芦苇。他还是在早春遇见她的，那时他正沿着河顺流飞去，追一只黄色飞蛾，她纤细的腰肢深深吸引了他的注意，他便站住同她谈起话来。

"我可以爱你吗？"燕子说，他素来就有直奔主题的脾气，芦苇对他低头鞠了一躬。

他便在她的身边不停地飞来飞去，用他的翅膀点水，水面荡起许多银色的涟漪。这便是他求爱的表示，他就这样地过了整个夏天。

"这样的恋爱太可笑了。"别的燕子叽叽喳喳地说，"她没有钱，而且亲戚太多。"的确，河边到处都长满了芦苇。

后来秋天来了，燕子们都飞走了。燕子们走了以后，他觉得很寂寞，开始讨厌起他的爱人来。他说："她不讲话，我又害怕她风流成性，因为她老是跟风调情。"这倒是真的，风一吹，芦苇就行着最动人的屈膝礼。他又说："我相信她是惯于家居的，可是我却喜欢旅行，那么我的妻子也应该喜欢旅行才成。"

"你愿意跟我走吗？"他最后忍不住问她道。然而芦苇摇摇头，她非常依恋家。

　　"原来你从前是跟我寻开心的，"他叫道，"我现在到金字塔那边去了。再会！"说完他就飞走了。

　　他飞了一整天，在晚上，他来到了这个城市。

　　"我在什么地方过夜呢？"他说，"我希望城里已经给我预备了住处。"

　　随后他看见了立在高圆柱上面的那座雕像。

　　他说："我就在这儿过夜吧，这倒是一个空气新鲜的好地点。"他便飞下来，恰好停在快乐王子的两只脚中间。

　　他环顾四周，自言自语地说："我找到一个金色的睡房了。"

　　他打算睡觉了，但是他刚刚把头放到他的翅膀下面去的时候，忽然大大的一滴水落到他的身上来。

　　"多么奇怪的事！"他叫起来，"天上没有一片云，星星非常明亮，可是下起雨来了。北欧的天气真可怕。芦苇素来喜欢雨，不过那只是她的自作多情。"

　　这时，又一滴雨滴落了下来。

　　"要是一座雕像不能够遮雨，那么它又有什么用处？"他说，"我应该找一个好的烟囱去。"他决定离开了。

　　但是他还没有张开翅膀，第三滴水又落了下来，他仰起头去看，他看见——啊！他看见了什么呢？

快乐王子的眼里充满了泪水，泪珠沿着他的黄金的脸颊流下来。他的脸在月光里显得这么美，叫小燕子的心里也充满了怜悯。

"你是谁？"他问道。

"我是快乐王子。"

"那么你为什么哭呢？"燕子又问，"你看，你把我一身都打湿了。"

"从前我活着，有一颗人的心脏的时候，"王子慢慢地答道，"我并不知道眼泪是什么东西，因为我那时候住在无愁宫里，悲哀是不能够进去的。白天有人陪我在花园里玩，晚上我又在大厅里跳舞。花园的四周围着一道高墙，我就从没有想到去问人墙外是什么样的景象，我眼前的一切都是非常美的。我的臣子都称我为快乐王子，不错，如果欢娱可以算作快乐，我就的确是快乐的了。我这样地活着，我也这样地死去。现在我死了，他们就把我放在这儿，而且立得这么高，让我看得见我这个城市的一切丑恶和穷苦，我的心虽然是铅做的，我也忍不住哭了。"

"怎么，他并不是纯金的？"燕子轻轻地对自己说，他非常讲究礼貌，不肯高声谈论别人的私事。

"远远的，"王子用一种低微的、音乐似的声音说下去，"远远的，在一条小街上有一所穷人住的房子。一扇窗开着，我看见窗内有一个妇人坐在桌子旁边。她的脸很瘦，又带病容，她的一双手粗糙、发红，指头上满是针眼，因为她是一个裁缝。她正在一件缎子衣服上绣花，绣的是西番莲花，预备给皇后最可爱的宫女在下一次宫中跳舞会里穿的。在这屋子的角落里，她的小孩躺在床上生着病。他发热，嚷着要橙子吃。他的母亲没有别的东西给他，只有河水，所以他哭起来了。燕子，小燕子，你肯把我剑柄上的红宝石取下来给他送去吗？我的脚钉牢在这个像座上面，我不能够移动。"

"朋友们在埃及等我。"燕子说，"他们正在尼罗河上飞来飞去，同大朵的莲花聊天。他们不久就要到伟大的国王的坟墓里去睡眠了。那个国王自己也就睡在他的彩色的棺材里。他的身子是用黄布紧紧裹着的，而且还用了香料来保存它。一串浅绿色的翡翠做成的链子系在他的颈项上，他的一只手就像是干枯的落叶。"

"燕子，燕子，小燕子……"王子要求说，"你难道不肯陪我过一夜，做一回我的信差吗？那个孩子渴得太厉害了，他母亲太苦恼了。"

"我并不喜欢小孩，"燕子回答道，"我还记得上一个夏天，我停在河上的时候，有两个粗野的小孩，就是那磨坊主人的儿子，他们常常丢石头打我。不消说他们是打不中的，我们燕子飞得极快，不会被他们打中，而且我还是从一个以敏捷出名的家族里出来的，更不用害怕。不过这究竟是一种不尊重的表示。"

然而快乐王子的面容显得那样忧愁，叫小燕子的心也软下来了。他便说："这儿冷得很，不过我愿意陪你过一夜，我很高兴做你的信差。"

"小燕子，谢谢你。"王子说。

燕子便从王子的剑柄上啄下了那块大的红宝石，衔着它飞起来，飞过栉比的屋顶，向远处飞去了。他飞过礼拜堂的屋顶，看见那里的大理石的天使雕像。他飞过王宫，听见了跳舞的声音。一个美貌的少女同她的情人正走到露台上来。

"你看，星星多么好，爱的魔力多么奇妙！"他对她说，"我希望我的衣服早点送来，好赶上下次的舞会，"

她回答道："我叫人在上面绣了西番莲花，可是那些女裁缝太懒了。"

他飞过河面，看见悬挂在船桅上的无数的灯笼，它又飞过一座村庄，看见一些老人在那里做生意讲价钱，把钱放在铜天平上面称着。最后他到了那间穷人的屋子，朝里面看去。小孩正发着热在床上翻来覆去，母亲已经睡熟，因为她太疲倦了。他跳进窗里，把红宝石放在桌上，就放在妇人的顶针旁边。过后它又轻轻地绕着床飞了一阵，用翅膀扇着小孩的前额。

"我觉得多么凉爽。"孩子说，"我一定好起来了。"

他便沉沉地睡去了，他睡得很甜。

然后，燕子回到快乐王子那里，把他做过的事讲给王子听。他又说："这倒是很奇怪的事，虽然天气这么冷，我却觉得很暖和。"

"那是因为你做了一件好事。"王子说。

小燕子便开始想起来，过后他睡着了。他有这样的一种习惯，只要一用脑子，就会打瞌睡。

天亮以后，他飞下河去洗了一个澡。一位禽学教授走过桥上，看见了，便说："真是一件少有的事，冬天里会有燕子！"他便写了一封讲这件事的长信送给本地报纸发表。每个人都引用这封信，尽管信里有那么多他们不能了解的句子。

"今天晚上我要到埃及去。"燕子说，他想到前途，心里非常高兴。他把城里所有的公共纪念物都参观过了，并且还在教堂的尖顶上坐了好一阵。

不管他到什么地方，麻雀们都吱吱叫着，而且互相说："这是一位多么显贵的生客！"因此他玩得非常高兴。

月亮上升的时候，他飞回到快乐王子那里。他问道："你在埃及有什么事要我办吗？我就要动身了。"

"燕子，燕子，小燕子，"王子说，"你不肯陪我再过一夜吗？"

"朋友们在埃及等我。"燕子回答道，"明天他们就要飞往尼罗河上游到第二瀑布去，在那儿河马睡在纸草中间，斗浪神坐在花岗石宝座上面。他整夜守着星星，到晨星发光的时候，他发出一声欢乐的叫喊，然后便沉默了。正午时分，成群的黄狮走下河边来饮水。他们有着和绿柱玉一样的眼睛，他们的吼叫比瀑布的吼声还要响亮。"

"燕子，燕子，小燕子，"王子说，"远远的，在城的那一边，我看见一个年轻人住在顶楼里面。他埋着头在一张堆满稿纸的书桌上写字，手边一个大玻璃杯里放着一束枯萎的紫罗兰。他的头发是棕色的，乱蓬蓬的，他的嘴唇像石榴一样红，他还有一对梦幻般的大眼睛。他在写一出戏剧，预备写成给戏院经理送去，可是他太冷了，不能够再写一个字。炉子里没有火，他又饿得头昏眼花了。"

"我愿意陪你再过一夜，"燕子说，他的确有好心肠，"你要我也给他送一块红宝石去吗？"

"唉！我现在没有红宝石了。"王子说，"我的眼睛是我所剩下的唯一一样东西了。它们是用稀有的蓝宝石做成的，这对蓝宝石还是一千年前在印度出产的，请你取出一颗来给他送去。他会把它卖给珠宝商，换钱来买食物、买木柴，好写完他的戏。"

"我亲爱的王子，我不能够这样做。"燕子说着哭起来了。

"燕子，燕子，小燕子，"王子说，"就按我说的做吧！"

燕子便取出王子的一只眼睛，往那座顶楼飞去了。

屋顶上有一个洞，要进去是很容易的，他便从洞里飞了进去。那个年轻人两只手托着脸颊，没有听见燕子的扑翅声，等到他抬起头来，他却看见那颗美丽的蓝宝石在枯萎的紫罗兰上面了。

"现在开始有人赏识我了，"他叫道，"这是某一个欣赏我的人送来的。我现在可以写完我的戏了。"

他露出很快乐的样子。

第二天燕子又飞到港口去。他坐在一只大船的桅杆上，望着水手们用粗绳把大箱子拖出船舱来。每只箱子上来的时候，他们就叫着："嘿呦！……"

"我要到埃及去了！"燕子嚷道，可是没有人注意他，等到月亮上升的时候，他又回到快乐王子那里去。

"我是来向你告别的。"他叫道。

"燕子，燕子，小燕子，"王子说，"你不肯陪我再过一夜吗？"

"这是冬天了，"燕子答道，"这儿马上就要下雪了，这时候在埃及，太阳暖融融地照在浓绿的树上，鳄鱼躺在泥沼里，懒洋洋地朝四面看。朋友们正在巴伯克的太阳神庙里筑巢，那些淡红的和雪白的鸽子在旁边望着，他们一面在讲情话。亲爱的王子，我必须离开你了，不过我决不会忘记你，来年春天我要给你带回来两粒美丽的宝石，偿还你给了别人的那两颗。我带来的红宝石会比一朵红玫瑰更红，蓝宝石会比大海更蓝。"

"就在这下面的广场上，站着一个卖火柴的小女孩。"王子说，"她把她的火柴都丢在沟里去了，它们都被毁了，不能用了。倘使她不带点钱回家，她的父亲会打她的，她现在正哭着。她没有鞋、没有袜，小小的头上没有一顶帽子。你把我另一只眼睛也取下来，拿去给她，那么她的父亲便不会打她了。"

"我愿意陪你再过一夜，"燕子说，"可是我却不能够取下你的眼睛。那时候你就会变成瞎子了。"

"燕子，燕子，小燕子，"王子说，"就按我说的做吧！"

他便取下王子的另一只眼睛，带着它飞到下面去。他飞过卖火柴女孩的面前，把宝石轻轻放在她的手掌心里。

"这是一块多么可爱的玻璃！"小女孩叫起来，笑着跑回家去。

燕子又回到王子那儿。他说："你现在眼睛瞎了，所以我要永远跟你在一块儿。"

"不，小燕子，"这个可怜的王子说，"你必须到埃及去。"

"我要永远陪伴你。"燕子说，他就在王子的脚下睡了。

第二天他整天坐在王子的肩上，给王子讲起他在那些陌生的国土上见到的种种事情。他讲起那些红色的朱鹭，它们排成长行站在尼罗河岸上，用它们的长嘴捕捉金鱼。他讲起斯芬克斯，它活得跟世界一样久，住在沙漠里面，知道一切的事情。他讲起那些商人，他们手里捏着琥珀念珠，慢慢地跟着他们的骆驼走路。他讲起月亮山之王，他黑得像乌木，崇拜一块大的水晶。他讲起那条绿蛇，它睡在棕榈树上，有二十个僧侣拿蜜糕来喂它，他讲起那些侏儒，他们把扁平的大树叶当作小舟，载他们渡过大湖，又常常同蝴蝶发生战争。

"亲爱的小燕子，"王子说，"你给我讲了种种奇特的事情，可是最奇特的还是那许多男男女女的痛苦。再没有比贫穷更不可思议的了。小燕子，你就在我这个城的上空飞一圈吧，你告诉我你在这个城里见到些什么事情。"

燕子便在这个大城的上空飞着，他看见有钱人在他们的漂亮的住宅里作乐，乞丐们坐在大门外挨冻。他飞进阴暗的小巷里，看见那些饥饿的小孩伸出苍白的瘦脸没精打采地望着污秽的街道。在一道桥的桥洞下面躺着两个小孩，他们紧紧地依偎在一起，试图让身体保持温暖。"我们真饿啊！"他们说。"你们不要躺在这儿！"看守人吼道，他们只好站起来走进雨中去了。

他便回去把看见的景象告诉了王子。

"我满身贴着纯金。"王子说，"你给我把它一片一片地拿掉，拿去送给我那些穷人，活着的人总以为金子能够使他们幸福。"

燕子把纯金一片一片地啄了下来，最后快乐王子就变成灰暗难看的了。他又把纯金一片一片地拿去送给那些穷人。小孩们的脸颊上现出了红色，他们在街上玩着游戏，大声笑着。

"我们现在有面包了。"他们这样叫道。

随后雪来了，严寒也到了。街道看起来仿佛是银子一样的，它们是那么亮，那么光辉，像水晶匕首一样的长长的冰柱垂下来悬挂在檐前，每个行人都穿着皮衣，小孩们也戴上红帽子溜冰取乐。

可怜小燕子一天比一天地更觉得冷了，可是他仍然不肯离开王子，他太爱王子了。他只有趁着面包师不注意的时候，在面包店门口啄一点面包屑吃，试图通过拍打翅膀来取暖。

但是最后他知道自己快要死了。他就只有一点气力，够他再飞到王子的肩上去一趟。

"亲爱的王子，再见吧！"他喃喃地说，"你肯让我亲你的手吗？"

"小燕子，我很高兴你到底要到埃及去了。"王子说，"你在这儿住得太久了，不过你应该亲我的嘴唇，因为我爱你。"

"我到不了埃及了。"燕子说。

他吻了快乐王子的嘴唇，然后跌在王子的脚下，死了。

就在那时，这座雕像的内部忽然起了一个奇怪的爆裂声，好像有什么东西裂开了。事实是王子的那颗铅心已经裂成两半了。这的确是一个极可怕的严寒天气。

第二天早晨，市参议员们陪着市长在下面广场上散步。他们走过圆柱的时候，市长仰起头看快乐王子的像。

"啊，快乐王子多么难看！"他说。

"的确很难看！"市参议员们齐声叫起来，他们平日总是附和市长的意见的，这时大家便走上去细看。

"他剑柄上的红宝石掉了，眼睛也没有了，他也不再是黄金的了。"市长说，"讲句老实话，他比一个乞丐好不了多少！"

"比一个乞丐好不了多少。"市参议员们说。

"他脚下还有一只死鸟！"市长又说，"我们的确应该发一个布告，禁止鸟死在这个地方。"书记官立刻把这个提议记录下来。

他们就把快乐王子的雕像拆下了。大学的美术教授说："他既然不再是美丽的，那么不再是有用的了。"

他们把这座像放在炉里熔化，市长便召开一个会来决定金属的用途。

"自然，我们应该另外铸一座像。"他说，"那么就铸我的像吧。"

"不，还是铸我的像。"每个市参议员都这样说。他们争吵起来。

我后来听见人谈起他们，据说他们还在争吵。

"真是一件古怪的事，"铸造厂的监工说，"这块破裂的铅心在炉里熔化不了。我们一定得把它丢掉。"他们便把它丢在一个垃圾堆上，那只死燕子也躺在那里。

"把这个城里两件最珍贵的东西给我拿来。"上帝对他的一个天使说，天使便把铅心和死鸟带到上帝面前。

"你选得不错。"上帝说，"因为我可以让这只小鸟永远在我天堂的园子里歌唱，让快乐王子住在我的黄金之城里赞美我。"

· 学习任务群 ·

想一想，作者为什么要将故事命名为《快乐王子》？这位王子真的"快乐"吗？

王尔德：《夜莺与玫瑰》

"她说过，只要我送她红玫瑰，就和我跳舞。"青年学生哭着说，"但整个花园都没有红玫瑰。"

夜莺在圣栎树上的窝里听到他说话，从叶子的缝隙中看出去，十分惊讶。

"整个花园都没有红玫瑰！"这位学生哭道，他美丽的眼睛里充满了泪水，"啊，幸福取决于一些多么微不足道的东西啊！我读了所有哲人写的书，掌握了所有哲学的秘密，可就因为缺一朵红玫瑰，生活就变得痛苦不堪。"

"我终于找到一个真正的情人了。"夜莺说，"尽管我不认识他，却想要整夜整夜地歌唱他，我整夜整夜地对星星讲述他的故事，却直到现在才看见他。他头发的颜色就跟风信子的颜色一样深，他的嘴唇就跟他想要的玫瑰一样红；但激情让他的面色变得苍白，就如同象牙，悲伤也在他的眉端留下了印记。"

"王子明晚会开舞会，"青年学生又低声自语，"我的爱人也会参加。如果我送她一朵红玫瑰，她会和我跳舞直到天明；如果我送她一朵红玫瑰，我就可以握着她的手，就可以用双臂搂抱着她，她会把头偎依在我的肩上。可是我的花园里没有红玫瑰，我只能孤独地坐着，她会从我身旁走过而不理睬我，我将会心碎。"

　　"他确实是个痴心的情人。"夜莺说，"他正在为我歌唱过的东西受苦。对我来说是快乐的东西，对他来说却是痛苦。爱情果然是奇妙的东西。它比绿宝石更宝贵，也比美丽的蛋白石更受人珍视。用珍珠和石榴石也买不到它，再说它也不在市场上出售。你不能从商人那里把它买来，也不能在天平上用黄金来衡量它的价值。"

　　"乐师们会坐在长廊里演奏弦乐器，"青年学生说，"我的爱人会随着竖琴和小提琴的乐声跳舞。她跳得那么轻盈，就像脚尖没有碰到地板一样。那些身着华服的侍臣会将她团团围住。可是她不会跟我跳舞，因为我没有红玫瑰可以给她。"他扑倒在草地上，双手蒙着脸哭了起来。

　　"他为什么哭呢？"一条小小的绿色蜥蜴竖着尾巴，跑过学生身边时问。

　　"是啊，为什么呢？"正在追逐着一束太阳光的蝴蝶也问道。

　　"是啊，为什么呢？"雏菊也用温柔的声音低低地问他的邻居。

"他哭，是为了一朵红玫瑰。"夜莺说。

"为了一朵红玫瑰？"他们叫道。

"这太可笑了！"那条小蜥蜴本来就是个刻薄鬼，当场就笑出了声。

可是夜莺知道学生悲伤的秘密。她静静地停在圣栎树枝上，思索着爱情的神秘。

突然，夜莺张开她棕色的翅膀飞了起来，高高地飞入空中，然后又像影子似的掠过树林，滑进花园。

草坪的中央种着一棵美丽的玫瑰树，夜莺看见就朝它飞了过去，停在了一根小树枝上。

"给我一朵红玫瑰吧。"夜莺叫道，"我会给你唱最动听的歌。"

但玫瑰树摇了摇头。

"我的玫瑰都是白色的，"玫瑰树答道，"就像大海波涛的泡沫那么白，比雪山上的雪更白。你去找我的兄弟吧，他长在那台古老的日晷仪旁，也许会给你要的东西。"

于是夜莺飞到了长在古老日晷仪旁的那棵玫瑰树上。

"给我一朵红玫瑰吧。"夜莺又叫道，"我会给你唱最动听的歌。"

但玫瑰树摇了摇头。

"我的玫瑰都是黄色的，"玫瑰树答道，"就像坐在琥珀宝座上的美人鱼的头发那么黄。它们比草地上未被割除的金水仙更黄。你去找我的兄弟吧，他长在那边青年学生的窗下，也许他会给你所要的东西。"

于是夜莺飞到了长在学生窗下的玫瑰树那里。

"给我一朵红玫瑰吧。"夜莺仍旧叫道，"我会给你唱最动听的歌。"

但是玫瑰树摇了摇头。

"我的玫瑰是红色的，"玫瑰树答道，"就像鸽子的脚那么红，比大洋洞窟中扇动的珊瑚更红。但是冬天的寒气已经侵入了我的血管，冰霜已经冻坏了我的花苞，风暴又折断了我的枝条，我今年不会再开花了。"

"我只要一朵红玫瑰就可以了，"夜莺央告道，"只要一朵！就没有办法让我得到它吗？"

"有一个办法，只有一个。"玫瑰树答道，"但是它太可怕了，我不敢告诉你。"

"告诉我吧。"夜莺说，"我不害怕。"

"如果你要一朵红玫瑰的话，"玫瑰树说，"你必须在月光下用音乐把它造出来，而且要用你自己的心血把它染红。你必须一边唱歌，一边用胸口抵住我的一根尖刺。你必须唱一晚上，尖刺会刺穿你的心，然后你的生命之血就会流进我的血管，变成我的。"

"用死亡来换一朵红玫瑰，是很高昂的代价。"夜莺说，"生命对所有人都很宝贵。停在翠绿的树林里，看着太阳驾着金色的马车，月亮驾着珍珠色的马车经过天穹，是一件多么惬意的事啊！山楂花是那么芬芳，躲在山谷中的蓝色风铃花，在山丘上开放的欧石楠也是那么芬芳。可是爱情却比生命更珍贵，而且一只鸟的心又怎么能和一个人的心相比呢？"

于是夜莺又张开她棕色的翅膀飞了起来，高高地飞入空中，影子似的掠过花园，滑过树林。

青年学生跟夜莺离开他时一样，还躺在草地上，他美丽双眼中的泪水还没有干。

"你要开心，要快乐。"夜莺喊道，"你会得到那朵红玫瑰的。我会在月光下把它造出来，并且用自己的心血把它染红。我所要求的所有回报，只是你要做一个忠诚的情人。虽然哲学是智慧的，爱情却比哲学更智慧；虽然权力是强大的，爱情却比权力更强大。爱情翅膀的颜色就像火焰，身体的颜色也像火焰。爱情的嘴唇就像蜂蜜一样甘甜，呼吸就像乳香一样芬芳。"

学生抬起头来看夜莺，听她的叫声，却不懂她在对他说些什么，因为他只懂得书上写的东西。

但是那棵圣栎树却懂了，并且感到很难过，因为他很喜欢这只在他树枝上做窝的夜莺。

"给我唱最后一支歌吧，"圣栎树轻声说，"你走后，我会感觉孤单的。"

夜莺给圣栎树唱了一支歌，声音听上去就像水在银瓶中冒泡一般清越。

夜莺唱完歌之后，学生站起身来，从口袋里拿出一本笔记本和一支铅笔。

"这只鸟掌握了音乐的形式，"他一边穿过树林，一边自言自语，"这一点无法否认。可是她有情感吗？恐怕没有。事实上，她和所有艺术家一样：只有风格，没有感情。她不会为了别人而牺牲自己。她只关心音乐。人人都知道艺术家是自私的。但我必须承认，她还是唱出了几个美妙的音符。只可惜它们没有任何意义，也没什么实用价值！"学生回到自己的房间，在那张简陋小床上躺下，又开始想他的爱人。过了一会儿，他就睡着了。

月亮升起的时候，夜莺飞到玫瑰树旁，把胸口抵在尖刺上。她胸口抵着尖刺，唱了整整一晚上。清冷的月亮也低头聆听着。夜莺唱了一晚上，尖刺在她的胸口越刺越深，她的生命之血也在慢慢流失。

夜莺起初唱的是少男少女心胸里诞生的爱恋，于是玫瑰最高的枝条上开出了一朵奇迹般的花。随着夜莺的歌一首一首地唱下去，花瓣一片一片地张开来。

这朵花起初是苍白的，就像笼罩在河流上的雾气一般——苍白如晨曦之足，银白如黎明之翅。这朵在玫瑰树最高枝上开放的花，就像水塘里、银镜中一朵玫瑰的影子。

但是玫瑰树叫夜莺把尖刺压得更深一些。"小夜莺，压得更深一些。"玫瑰树叫道，"不然玫瑰还没造好，白天就会到来。"

夜莺就把尖刺压得更深一些，她的歌声也越来越响亮了，因为这次她在唱一对成年男女心中热烈如火的爱情。

此时玫瑰的花瓣绽出了娇柔的红晕，就像新郎在亲吻新娘时脸上泛起的红晕。但玫瑰的尖刺还未刺到夜莺的心脏，玫瑰的心还是白的。只有夜莺的心血才能染红玫瑰的心。

那树又叫夜莺把尖刺压得更深一些。"小夜莺，压得更深一些。"玫瑰树叫道，"不然玫瑰还没造好，白天就会到来。"

夜莺又把尖刺压得更深一些。刺尖碰到了她的心脏，一阵剧痛传遍了全身。那痛苦是多么锋利啊，她的歌也变得那么狂热，她唱到了因死亡而变得更完美的爱，唱到了在坟墓中也不会死去的爱。

这朵奇迹般的玫瑰变成了绯红色，如同东方的朝霞。不但外圈的花瓣是绯红色，玫瑰的心也如同红宝石。

但夜莺的声音变得微弱了，她的小翅膀开始扑打起来，一层薄翳蒙上了她的眼睛。她的歌声变得越来越小，她觉得有东西把她的喉咙哽住了。

这时夜莺爆发出了最后一阵歌声。雪白的月亮听到了歌声，居然忘了黎明已经到来，在天空中淹留不去。红玫瑰听到了歌声，狂喜得浑身颤抖，在早晨寒冷的空气中打开了花瓣。回声女神把歌声带回到了她在山丘中的紫色洞穴，又把正在睡眠的牧童从梦中唤醒。歌声飘过河岸的芦苇丛，芦苇又把它的信息带给大海。

"看，看！"玫瑰树叫道，"玫瑰已经造好了。"

可是夜莺没有回答，因为她已经坠落在高高的草丛中死去了，心上还插着那根尖刺。

中午，学生打开窗，往外一看。

"啊，我的运气真好！"学生叫道，"这里有一朵红玫瑰！我这一辈子都没见过这么美丽的玫瑰。它这么美，肯定有一个长长的拉丁文名字。"

他弯下腰，把玫瑰摘了下来。然后他戴上帽子，手里拿着玫瑰，跑去教授家。

教授的女儿坐在门廊里，正在把蓝色的丝线缠上纺车，她的小狗正躺在她的脚边。

"你说过，如果我送你一朵红玫瑰，你就会跟我跳舞。"学生叫道，"这朵是世界上最红的玫瑰了。今晚你把它戴在贴近心的地方，我们在一起跳舞的时候，它会告诉你我有多爱你。"

但是姑娘皱了皱眉。

"它跟我的衣服不配。"她答道，"再说了，宫内大臣的侄子送了我一些真正的珠宝。谁都知道，珠宝比花要值钱得多。"

"说实话，你真是不知感激。"学生气呼呼地把玫瑰往街上一扔。玫瑰掉在了街边的明沟里，又被车轮碾过。

"不知感激！"姑娘说，"我要对你说的是，你很无礼。再说了，你又算什么？不过是个学生罢了。宫内大臣的侄子鞋子上有银搭扣，你连这个也没有。"她从椅子上站了起来，走进了屋里。

"爱真是太荒谬了！"学生边走边自言自语，"它还不及逻辑的一半有用。爱什么都证明不了，还老是告诉人一些根本不会发生的事情，让人相信一些根本不真实的事情。爱其实一点也不实用，在这个时代，实用就是一切。所以，我还是应当回到哲学，去研究形而上学。"

他回到自己的房间，拿出一本积满灰尘的大书，开始读了起来。

托马斯·马洛礼：《亚瑟拔剑称王》

　　亚瑟王是古不列颠最富有传奇色彩的伟大国王，他是圆桌骑士的首领，被称为"永恒之王"。在很长一段时间内，亚瑟王和他的圆桌骑士被人们视为正义和希望的象征。但是没有人知道，幼年时的亚瑟也曾有过一段艰难的日子。

　　亚瑟是尤瑟王的私生子，私生子的身份容易使他遭到非议甚至暗害，于是尤瑟王听从魔法师梅林的建议，将亚瑟寄养在一个普通的贵族家里，从那之后再也没有人知道他的身份，当然也没有人给他王子应有的优待。

　　亚瑟所寄养的家庭恰好有一个和他年纪差不多的男孩，名字叫凯。亚瑟一直跟在凯的身边，如果凯遇到什么困难，亚瑟就会帮助他。就这样，他们两个人一起慢慢成长。

　　后来尤瑟王过世了，当时的人们只知道尤瑟王有一个女儿，却不知道亚瑟的存在。那么谁才是下一任国王呢？

国家没有了尤瑟王的治理，不久后国内形势开始动荡，纷争四起，百姓苦不堪言。魔法师梅林认为是时候说出真相了，他来到了几位忠实的大臣面前，说："我想我有办法力挽狂澜。"

"真的吗？是什么办法，快点儿说给我们听听啊！"大臣们迫不及待地问。

"我们可以召集所有的贵族骑士，凭借那把插在教堂墓园石块中的'石中剑'来选定国王。"

"就是那把刻着'拔出此剑者，即为英格兰之王'铭文的宝剑吗？那我们就这么办，无论是谁拔出了那把剑，他就是下一任国王。"大臣们听从了梅林的建议，并立刻将这条消息告诉了所有贵族骑士。

很快，所有的贵族骑士就聚集到了教堂，他们开始按照顺序来到"石中剑"前准备拔剑，每个人都希望自己能成为国王，所以都使出了全身力气，一个个咬牙切齿，面目狰狞，看起来十分可怕。不过很可惜，没有人能够拔出"石中剑"。亚瑟没有来，因为他不是贵族骑士，没有拔剑的资格。

后来骑士们一致决定通过比武选出新的君王，不久比武就开始了。亚瑟跟在凯的身边观看其他人比武，凯代表了他的家族参战，马上就轮到他了。

亚瑟正兴致勃勃地观看着比赛，凯却急匆匆地把他拉到一边，可怜巴巴地说："亚瑟，我忘带剑了！"

"你说什么？"亚瑟惊讶地问，"你竟然忘记带剑了！比武马上就要开始了呀！"

"亚瑟，你帮帮我吧！我自己回去取剑肯定来不及了，你速度这么快，跑起来就像猎豹一样，你回家去帮我取剑吧！"凯哀求着。

"好吧，我回去帮你取剑。"亚瑟答应了，说完他就立刻飞奔回家。结果他跑到家门口时，发现大门紧锁，家中无人，而他又打不开门。"该怎么办呢？比武的时候凯没有剑怎么行呢？"亚瑟焦急地想。

忽然亚瑟就像想起了什么一样，迅速跑向了教堂。他想："墓园总不会被锁起来，既然没办法回家取来凯的剑，就用'石中剑'应付一下吧！"

亚瑟跑到了"石中剑"面前，毫不迟疑地伸出双手紧紧握住剑柄，然后一脚蹬在石块上，身子向后开始用力拔剑。只听见"咔"的一声，剑被拔动了，最后竟然被亚瑟完完整整地从石块中拔了出来。亚瑟兴冲冲地提着这把剑去找凯，并打算将剑交给他。

"'石中剑'？你竟然把它拔了出来！"凯大声喊道。一瞬间，所有的目光都聚集在这里。确确实实就是"石中剑"，毕竟站在比武场上的每一个贵族骑士都曾看见过这把剑。

"是'石中剑'，是你亲手拔出这把剑的吗？"梅林走了过来，看着亚瑟问道。

　　"是的，是我拔出来的。"亚瑟看着梅林的眼睛，从容地回答。

　　骑士们都不敢相信他们用尽力气都拔不出来的剑，就这样被亚瑟拔了出来，大家开始小声地讨论。不过他们很快就停了下来，因为梅林把亚瑟的身世告诉了大家。就这样，亚瑟成了新的不列颠之王。

　　亚瑟成为国王后，在梅林的帮助下，结束了国内混乱的形势。他扶贫济弱、体贴百姓，并带领圆桌骑士多次击退别国的入侵，被人们尊敬地称为亚瑟王。

⇒ 法国 ⇐

夏尔·佩罗：《驴皮公主》

　　从前有一位国王，非常伟大，极受臣民的爱戴，也极受邻国与友邦的敬重，可以算是天下最幸福的国王了。

　　他幸福的另一个主要原因就是娶了一位美丽又贤淑的公主。他们真是一对幸福的夫妻，过着和和美美的生活。他们生了一个女儿，无比灵秀又无比可爱，虽不是儿女成群，也丝毫没有遗憾。

　　王宫富丽堂皇，一派高品位和丰盛的气象。大臣明智、干练，各级官员廉洁奉公、品德高尚，仆役忠心耿耿、勤勤恳恳。马厩特别宽敞，满是世间最好的骏马，都披着华丽的马衣。

　　不过，外国宾客来观赏这些骏马时所感到惊诧的却是：马厩最显要的位置却挺立着一头驴，竖着两只长长的大耳朵，一副十足的驴大咖派头。在这独特的优越位置上安置一头驴，国王自有道理，并非随心所欲，只因这头珍奇的牲口天生有一种非凡的能力，受这样优待当之无愧。给它铺的干草，每天早晨非但不脏，还在阳光下闪闪发亮，全部会化为各种各样的金币和银币，等驴醒来时，众人就去拾取。

然而，无论国王还是老百姓，在生活的路上都会遭遇沟沟坎坎，难免有坏事纠缠。老天降祸：王后突然患了重病，全国大夫都来施展高超的医术，却没有任何疗效。

王宫里弥漫着悲哀的情绪。国王天生多愁善感，遭受这场极端不幸的打击，伤痛不已。他去王国所有寺院中许下心愿，祈求神明保佑，宁愿用自己的生命换回妻子的生命，然而终归徒劳，神明和仙女都没有显灵。

王后感到临终的时刻来了，就对她那涕泪涟涟的丈夫说道："我死之前，要求您答应一件事，就是您若想再娶……"

国王听了这话，就可怜巴巴地叫起来。他握住王后的手，眼泪滴落在她手上，他向王后保证，绝不可向他提起再婚之事。

"不，不，亲爱的王后，"国王说，"不如让我跟随你一起走吧。"

"以国家为重！"王后语调坚定，这越发增加了国王对她的疼惜。

"国家一定要有继承人，我只给您生了个女儿。而国家却需要像您这样的儿子，但是看在多年您对我的情分上，我请您务必答应，在臣民关切的催促下，您只有找到一位比我更美丽、更端庄的公主，才可以接受民意。我要您发下这样的誓言，这样我就是死也能瞑目了。"

据此推想，王后不乏自尊心，她让国王立下这样的誓言，是自信这世间没人比她美丽吧，心想，这样就确保国王永远不可能再结婚了。

王后最终去世了。承受丧妻之痛的国王，从来没有闹腾得这么凶过，日夜悲恸呼号。

巨大的悲痛不会持续多久，况且，全国的显要人物也聚首商议，一同前来恳求国王续弦。一听到这种建议，他又触到痛处，不由得泪如泉涌，讲了他曾向王后发下的誓言。而且这些谋臣全算上，谁也找不到比他的亡妻更美丽、更端庄的公主了，他心想，再婚之事根本就不可能。

然而，群臣却把这类保证视为戏言，他们说挑选王后，美貌是次要的，主要看其品德是否高尚，是否有生育能力。国家一定要有王子，才能长保国泰民安；至于公主，虽确实具备成为一位伟大的女王的各种天资，可是，她必然会挑选一个外国人为夫婿，那样一来，那个外国夫婿就可能带她回国，即使他留下来协助女王统治国家，所生的孩子血统不纯，国家就没有本姓王继位了。那个国家若向本国发动吞并战争，有可能会导致王国毁灭。

国王听了这番言论，震惊之下，答应考虑他们的请求。

他果然开始物色中意的人选了，每天都会接到几幅待嫁公主可爱的肖像，可是无一不逊于已故王后的仪容，因此，他始终犹豫不决。

不料出现了大麻烦，国王忽然发觉王后的妹妹，不仅美若天仙、秀色可餐，而且智慧和魅力也远远超过了她的姐姐。她年轻，鲜艳的肤色清新喜人，燃起了国王火一样炽热的爱情定要娶她，唯独她能使他摆脱誓言的束缚。

年轻的玛利亚着急不已，想来想去，只好去找她的教母丁香仙女。说走就走，当晚她就动身了，乘坐着美丽的双轮车，拉车的大绵羊轻车熟路，很快就顺利到达了教母的住处。

丁香仙女很喜爱玛利亚，听了她讲述的情况，告诉她丝毫不必担心，只要老老实实按照她的嘱咐去做，就不会受到任何伤害。

"要知道，我亲爱的孩子，"仙女对她说，"如果你不想嫁给你的姐夫，你可以避免，不必直接对抗。你回去就对你姐夫说，你有个奇特的念头——要求他给你做一条跟天空色一样的连衣裙。无论他的爱有多深，权力有多大，怎么也不可能做出那样的连衣裙。"

玛利亚感谢丁香仙女的指点。第二天早晨，她就对国王讲了丁香仙女教给她的话，而且还明确表示，如果她拿不到天空色的连衣裙，别人也休想得到她的任何许诺。

玛利亚总算给了他希望，国王喜出望外，立即召集全国最有名的工匠，向他们定制这条连衣裙，号称如果不能按照规定的条件制作出来，就把他们通通绞死。

其实，国王倒不必如此多虑，规定这等极端的条件。因为第二天，工匠们就送上了连衣裙。国王展开来一看，那种湛蓝色美极了，相比之下，蓝天上即使飘着金色的云彩，也要显得逊色。

玛利亚见了连衣裙便忧心忡忡，一时没了主意，陷入窘境。国王催促她给个准话，她无奈又去向丁香仙女求救。

丁香仙女得知她的绝招儿没有奏效，不免感到惊诧，于是又让玛利亚再要求国王做一条月色连衣裙。

国王不能拒绝玛利亚的任何要求，于是就派人寻找最灵巧的工匠，让他们火速赶制一条月色连衣裙。很快，不到二十四小时，新制的连衣裙送来了。

玛利亚喜爱这件华美的连衣裙，远远胜过国王所献的殷勤。可是，她一回到使女和奶妈身边，又陷入无穷无尽的苦恼中。丁香仙女无所不知，就来给玛利亚排忧解难了，她对玛利亚说："我认为，假如我估计得不错的话，您若是要求国王做一件太阳色连衣裙，肯定就会难住他了，因为这样一件连衣裙，永远也不可能被制作出来，就算能制作出来，至少也为我们争取了一些时间。"

玛利亚认为这话有道理，便向国王提出了这个要求。国王为了娶她，拿出什么都在所不惜，他从王冠上取下所有钻石和红宝石，以便完成这件杰作，他还下令，什么都不要吝惜，做出的这件连衣裙必得能与太阳相媲美。结果不出所料，这件连衣裙一展示出来，在场的人无不被晃花眼睛，赶紧闭上眼：灿烂的金光太强烈了。正是从那时候起，世人才开始戴墨镜，选用绿色和黑色的镜片。

玛利亚见了这样的连衣裙，会有什么反应呢？她从来就没有见过如此精美又如此巧夺天工的衣服。她惊讶得半晌无语，继而推说伤了眼睛，抽身躲进了自己的房间。

丁香仙女正在房间里等着玛利亚，她实在羞愧难当。更加糟糕的是，一见到太阳色的连衣裙，她立刻气得涨红了脸。

"我的孩子，"她对玛利亚说道，"这回，我们要让国王接受一场严峻的考验。我认为他一定会坚持这桩婚事。那好，您再对他提出一个要求，准会让他不知所措：那头驴给他带来大量金钱，他喜爱得不得了，而您就要驴的那张皮，去吧，您就对他明讲，要那张驴皮。"

玛利亚满心欢喜，又有了新办法可以摆脱她厌恶至极的婚事。她想，这回要那头驴的命，国王肯定舍不得。

对玛利亚不可思议的要求，国王尽管万分惊讶，但还是毫不犹豫地满足了她的心愿，牺牲掉可怜的驴子，殷勤地献上了驴皮。

玛利亚见状，再也无法逃避不幸的命运，不由得悲痛欲绝，丁香仙女又及时赶来，瞧见玛利亚正扯乱头发，用指甲抓伤面颊，就对她说道：

　　"您这是干什么呀，我的孩子？这正是您一生中最幸福的时刻。您披上这张驴皮，离开王宫，踏上大地，能走多远就走多远：甘愿牺牲一切而守护贞操的人，就会得到神灵的报偿。我来打理您的梳妆宝奁，不管您走到哪里停歇，装着衣物和首饰的小箱子总会跟随您的脚步在地下潜行。我的这根仙杖给您，您需要的时候，就用仙杖敲敲地面，小箱子就会出现在您的眼前。好了，请您马上动身，不要再耽搁了。"

　　玛利亚连连拥抱丁香仙女，恳求丁香仙女千万别丢弃她。她从壁炉里取出炭灰抹脏了脸，再披上丑陋的驴皮，神不知鬼不觉地离开了富丽堂皇的王宫。

　　玛利亚失踪一事在王宫内引起一片混乱。国王本来正在派人筹备盛大的婚礼，内心的失落无法得到安慰，他一连派出上百名骑兵、上千名火枪手去各处寻找玛利亚，然而玛利亚因为得到丁香仙女的保护，多么机警的士兵也找不到她。

　　国王这样兴师动众，只图自我安慰。

　　这期间，玛利亚在赶路。她越行越远，但从未停下脚步，也想找个歇脚的地方。尽管有人愿意施舍给她点儿吃的，但是嫌她太脏，没人肯收留她。她终于走进一座美丽的城市，城门口有一户农家，农妇要雇一个干粗活的女佣，帮她擦地板、清洗火鸡笼和猪食槽。农妇看到这个流浪的女孩浑身这么脏，就让她进屋了。公主满心欢喜地接受了：她走了很远的路，也确实累坏了。

农妇安置她睡在厨房最里端的角落里。最初几天，其他用人还跟她开粗俗的玩笑，只因她披着驴皮，显得又脏又令人恶心，不过，大家逐渐习以为常，况且她还特别勤劳，分配什么活儿都干得很好，于是受到了农妇的保护。

她去放羊，等羊群吃饱了再赶回羊圈；同样，她也赶火鸡去吃草，而且很会挑草地，让火鸡吃得好，就像一个放牧的老手。总之，她那双美丽的手干出来的活儿特别出色。

玛利亚常去一个清澈的泉边哀叹自己悲惨的生活。有一天，她坐在泉边想照一照自己的容颜。当她看到丑陋的驴皮和长耳朵取代了自己的发饰和衣着时，大吃一惊。这样一身打扮令她感到羞愧难当，于是她赶紧抛掉驴皮，洗净脸上和双手的污垢后，她的皮肤一下子变得象牙还要白，又恢复了鲜艳的本色。玛利亚看到自己如此美丽，一高兴就跳进泉水里洗了澡，然而，她若要回农妇家，还要披上讨厌的驴皮。

幸好第二天是节日，她可以从容地取出小箱子，打扮自己，美发、扑上香粉、穿上天空色的连衣裙。可惜房间太狭窄，美丽的长裙展不开。玛利亚照镜子，很自然地欣赏着自己美丽的容颜，同时，她还下了决心，每逢节日和星期天，都这样解解闷，换上自己的漂亮连衣裙，此后她真的这样做了。另外，她还在秀发上戴了鲜花和钻石头饰，错落有致，那种美丽令人赞叹。

不过，她时常叹息，能见证她花容月貌的，只有她的绵羊和火鸡，而这些绵羊和火鸡也同样喜爱她披上难看的驴皮的模样：在这家农场里，大家也都叫她驴皮女。

有一天正是节日，驴皮女穿上了太阳色的连衣裙。这家农场所属国家的王子打猎回来，经过农场歇脚。王子年轻英俊，一表人才，极受国王和王后的喜爱，也深受民众的爱戴。农场主人献上农家点心，王子接受了。吃完点心，他就去饲养场转转，走遍各个角落，踏入一条阴暗的小路，走到头，看见一扇关闭的房门。王子受好奇心的驱使，眼睛对着锁孔往里窥视。

王子惊诧到何等程度？他瞧见玛利亚的容貌无比俊美，连衣裙也无比华丽，神态又高雅又谦和，真以为那是一位女神！此时此刻，他的内心有难以遏制的冲动，恨不得破门而入，只是碍于想要得到这位迷人的姑娘的尊重，不敢肆意妄为。

王子恋恋不舍地离开阴暗的小路，到处打听那间小屋的主人是谁。别人告诉他，那里住着一名干粗活的女佣，一个肮脏鬼，由于总披着驴皮，大家就叫她驴皮女。她浑身脏极了，没人愿意多看她一眼，也没人肯同她说话。主人只是出于同情才收留她，让她放牧，看管羊群和火鸡群。

王子不大相信人们提供的这些消息，认为这些粗俗的人所知甚微，再问也无益。他回到王宫中，越发坠入情网，眼前总浮现女神的美丽形象。那是他在锁孔里亲眼所见，真后悔当时没有闯进去，下一次绝不能错过机会了。

然而，王子热血沸腾，当天夜里就发起高烧，很快就病重了。王后唯有他这一个孩子，眼见什么药物都治不好病，不由得心痛欲绝。她向医生许下什么重赏都无济于事，他们的医术全使出来了，但就是治不好王子的病。

最后，医生们揣测出，王子这场大病，是要命的忧伤所致，他们提醒王后注意。王后温情脉脉地劝说王子讲出他的病因，哪怕是想要王位，他父王也情愿退位，毫无遗憾地让他登上宝座。如果他爱上了哪位公主，哪怕两国正处于交战状态，而且有充分理由谴责对方挑起战事，他们也可以牺牲利益求和，以求满足他的心愿。王后只是要求他不可轻生，因为他的性命也关系到父母的性命。

王后这番话感人至深，边讲边泪如泉涌，打湿了王子的面颊。

"母后，"王子声音微弱，终于对王后说道，"我还不至于那么邪恶，想要得到父亲的王位，但愿上天保佑他长寿，也让我长久地做他的最忠诚和恭顺的臣民。至于您所说的公主，我还根本没有想到结婚！您完全清楚，我多么遵从您的意愿，而且，不管要我付出多大代价，我也要始终顺从您。"

"噢！我的儿啊，"王后又说道，"若能保住你的性命，我们怎么做都在所不惜，可是，我亲爱的儿子，你也得救救我的命，救救你父亲的命，明白告诉我，你渴望得到什么？放心好了，我一定满足你的愿望。"

"那好，母后，"王子说道，"我的心事，既然非得告诉您，我就遵命，否则我若危及父母的性命，罪过就太大了。是的，母亲，我想要驴皮女给我做一块蛋糕，做好了马上给我送来。"

听到这个怪名字，王后好不诧异，于是就询问谁是驴皮女。

"王后，是这样的，"一名侍从偶然见过那个姑娘，他就应声说道，"她是最肮脏的女佣，比狼好不到哪儿去，一身黑皮肤、满身污垢，住在您的佃户农场，看管羊群和火鸡群。"

"这没关系，"王后说道，"我儿子打猎回来，也许吃过她做的糕点。这是病人的一个怪念头。总之，既然有驴皮女这个人，我就要驴皮女立刻做一块蛋糕。"

王后派差官赶到农场，让人叫来驴皮女，命令她为王子尽心做好一块蛋糕。

有人证实，在王子对着锁孔窥视的时候，公主也瞧见了他。

随后，她又从小窗户望见了王子，看清他年轻英俊，一表人才，留下了深刻印象，常常回忆起来，不免叹息几声。

不管怎样，驴皮女见到过王子，或者听到了许多对他的赞扬，现在能有机会让王子认识自己，心里不胜欢喜，于是，她把自己关在屋里，抛掉难看的驴皮，洗净了手和脸，梳理好金发，穿上银光闪闪的美丽胸衣和同样色彩的便裙，开始制作王子渴望吃的蛋糕：她先取来精白面粉，调好鸡蛋和新鲜黄油。在制作蛋糕的过程中，或是有意，或是别有缘故，她手上一只戒指掉落，和进了面团里。

蛋糕烤好了，她披上难看的驴皮，将蛋糕交给差官，还想打听点儿王子的消息，可是那人不屑于回答，带了蛋糕，赶回去向王子复命。

王子从差官手中抓过蛋糕，狼吞虎咽地吃了起来。在场的医生见状，都表示吃得这样猛可不是好兆头：果不其然，王子发现蛋糕中有一枚戒指，差点哽在喉咙噎死，好在，他又十分巧妙地吐出戒指，吃的劲头也放缓了。王子仔细审视这枚精巧的绿宝石金戒指，上面的金箍小巧极了，他认为只有细小的美丽手指才能戴得上。

这枚戒指，他吻了上千次，就放在枕头下面，只要认为没人看见的时候就取出来把玩，如何才能见到适合戴这枚戒指的姑娘呢？虽然说驴皮女应他的要求，做了蛋糕，他却不敢相信父母会同意把做蛋糕的姑娘召进宫来；他也同样不敢讲自己从锁孔里见过她，怕被人耻笑，说他得了幻觉症，所有这些思绪，纷纷侵扰折磨他，害得他又发起高烧。那些医生真的没有办法了，就对王后声称，王子害了相思病。

王后就同国王一起去看望儿子。国王忧心忡忡，满面愁容，高声说道："我的儿子，亲爱的儿子！告诉我们，你相中了哪个姑娘？我们保证给你找来，哪怕她是最卑贱的奴隶。"

王后拥抱着王子，同时向他确认国王的保证。他们又是流泪，又是安抚，王子深受感动，这才对父母说道：

"爸爸，妈妈，我绝非有意在婚姻问题上惹你们不快，这便是实情的证据，"他说着，就从枕头下面取出绿宝石戒指，"我要娶的就是能戴上这枚戒指的姑娘，不管她是什么出身。能有这样美丽纤指的姑娘，看来不会是一个农家女，或者一个粗俗的丫头。"国王和王后接过戒指，好奇地察看，得出与王子相同的判断，这枚戒指只有一个大家闺秀才配得上。国王拥抱了儿子，嘱咐他养好身体，便离开了。

国王当即派人敲鼓、吹笛、鸣号，巡游全城，由传令官广而告之。传所有年轻姑娘都去王宫，试戴那枚戒指，戴上合适者，就可以许配给王子。

那些公主率先来了，继而是公爵、侯爵和男爵家的贵族小姐，她们都想把自己的手指抻细一点儿，但终归徒劳，没人戴得上。国王只好又召来轻佻的女工，她们长得都很美，可惜手指都太粗，也戴不上戒指。王子身体好多了，他也亲自来观看姑娘们试戴戒指的场面。最后，连使女都找来了，全都试过了，没有一个人戴得上戒指。王子要求再找来厨娘、帮厨、牧羊女，可是，她们红红的短粗手指在试戴戒指时，只能伸进去指甲。

"前两天为我做蛋糕的驴皮女来了吗？"王子问道。

众人都笑起来，回答说没有来，因为她满身污垢，太脏了。

"马上把她找来，我的话没有把谁排除在外。"国王说道。

差官嘻嘻哈哈，嘲笑着跑去叫驴皮女过来。

玛利亚听到了敲鼓声、传令官的呼喊，她心下便明白，这是她的戒指引起的反响。她爱王子，由于真爱总是战战兢兢，没有一丝一毫的虚荣，她就一直担心，可能有的少女手指也如她这般纤细。她一见有人敲门来找她，心里便乐开了花。

得知全城正寻找能戴她那枚戒指的人，不知她萌生了什么希望，就开始精心打扮起来，穿上那件银光闪闪的美丽胸衣，还穿上镶满荷叶形银色花边和绿玉的裙子。她听见有人敲门，传唤她去见王子，就急忙又披上驴皮，打开房门。

差官们还嘲弄她，说国王召她去跟王子结婚，随即哈哈大笑不止。他们带她去见王子。

王子一见姑娘的这种怪异装束，也不免吃惊，不敢相信她就是自己见过的那个特别善良、特别漂亮的姑娘。他感到自己这么笨拙，看走了眼，一时非常沮丧，便问道：

"您就住在农场的第三饲养场，那条幽暗小路的尽头吗？"

"是的，王子。"驴皮女回答。

"您伸出手来给我看看。"王子说着，不由得浑身颤抖了，还叹了口气。

啊！真出人意料！从又黑又脏的驴皮下面伸出一只粉白细嫩的小手。这是世间最美最细的手指，毫不费力便戴上了那枚戒指。国王和王后以及所有的侍从和廷臣无不惊呆了：只见玛利亚身子轻轻一抖，驴皮掉落，赫然出现一个十分迷人的美女。

尽管身体还很虚弱，王子当下跪倒在玛利亚面前，把她搂住抱得那样热烈，公主的脸都差红了。不过，众人几乎没有看见，因为国王和王后都过来，也紧紧拥抱着玛利亚，问她是否愿意嫁给他们的儿子。玛利亚看到这个英俊的年轻王子殷勤地向她表示深情的爱慕，十分害羞，正要感谢国王和王后……

这时，天花板忽然敞开，丁香仙女降临了，乘坐着丁香树的花枝制造的车子。她娓娓道来，讲述了玛利亚的身世。

国王和王后这才明白，驴皮女原来是一位尊贵的王后的妹妹，于是就更加喜形于色，对她越发亲热了。当然，王子一了解她的这种遭遇，就更加欣赏和钦佩她的品德，对她的爱也随之倍增。

王子恨不得马上就和玛利亚成婚，也不管来不及进行适当的筹备，就要举办这场隆重的婚礼。

各国的君主和王子收到请帖后，都来向他们道贺，有的乘坐轿子，有的乘坐马车，而来自最遥远国度的国王则骑着大象、猛虎乃至雄鹰，然而，最豪华又最威风的车驾，要属玛利亚的国王乘坐的了。好在，这位国王已经忘掉了当初的打算，娶了一个没有孩子、非常漂亮的寡妇为王后，并对玛利亚表示祝贺。

婚礼隆重得难以想象，然而，新郎和新娘的心思并不在这种豪华宏大的场面上，二人四目相对，眼里只有彼此。

国王——王子的父亲，当天就为儿子举行了加冕典礼，他亲吻了王子的手，亲自将他扶上宝座，而王子有极好的教养，一再推辞，但最终还是遵从了父命。

盛大的婚礼庆典持续了将近三个月，不过，这对年轻夫妇的爱情一定能天长地久，百年之后，假如他们不死，仍然会相亲相爱。

季诺夫人：《列那狐偷鱼》

　　寒冷的冬天，列那狐家里断粮了。列那狐在街上寻找食物时恰巧碰到鱼贩子运送鲜鱼的车子，满车的新鲜活鱼让列那狐垂涎三尺。他是怎么混上车的呢？他弄到鲜鱼了吗？那些鱼贩子打的又是什么算盘？

　　那天天气很冷，天也阴沉沉的。列那狐家的食橱里却空空如也。

　　列那狐的妻子丽舍犯了愁，摇着头说："贝尔西埃和马尔邦什两个宝贝就要回来了。他们一进门就会跟我们吵着要吃东西。家里什么食物也没有了，既没有鸡肉，也没有鱼肉，我们该怎么办呢？"

　　"我到外面找点吃的吧，看看今天运气怎么样。"列那狐长长地叹了口气，"天气这么冷，鸡、鸭都回舍取暖了，真不知道我应该去哪儿找吃的。"

　　但是，列那狐还是冒着扑面而来的寒风走出了家门。他不想看到妻子愁苦的脸，也不想听到孩子们哭泣的声音，决定尽自己所能与饥饿做一番搏斗，不弄到吃的绝不回家。

列那狐来到小河边的树林，一会儿看看这边，一会儿望望那边，却想不出任何办法可以弄点吃的。

列那狐就这样走着，一直走到斜坡上的一排篱笆旁。他满心沮丧，一屁股坐在路边。寒风瑟瑟，如鞭子一样抽打着他的脸。列那狐饿得头昏脑胀，心里却还在苦苦思考该如何弄到吃的。

正在列那狐低头苦思之际，一股诱人的香味突然飘到他的鼻子里。他不由得抬起头，用力闻了闻。

"是鱼的香味呀！"列那狐高兴地自言自语，"可是，这香味是从哪儿来的呢？"

列那狐精神一振，把头向前方的大路探过去。列那狐不仅鼻子好用，耳朵好使，眼睛更是很尖。他看见远处有一辆马车驶了过来。毫无疑问，这股让人垂涎欲滴的香味就是从这辆车子里散发出来的。车子渐渐驶近，列那狐仿佛看到车上装满了活蹦乱跳的鱼。确实，这辆车正驶向城里的鱼市，车上的几个筐子里都装满了鲜鱼。

"是鱼的香味呀！"列那狐迫不及待地想弄点鱼来喂饱自己的孩子，同时也犒劳一下自己饥饿的肚皮。当他馋得口水直流时，脑子里忽然闪出了一条妙计。

列那狐纵身一跳，跳过篱笆，来到鱼车将要经过的大路上，就地躺下，装成已经死去的样子：紧闭双目，伸出粉红色的舌头，身子是软绵绵的一团，好像刚刚断气不久。

　　"我没看错吧，居然有一只死狐狸躺在我们的车前。这是一只狐狸还是一只獾？"车上的一个鱼贩看到躺在路上的东西，马上对着同伴大声叫喊起来。

　　"是狐狸。快停车！不要错过这笔好生意。"那个眼睛最尖的鱼贩说。

　　鱼贩们马上停下车。

　　"不是个好东西，但那张皮倒挺好，可以把它剥下来做件皮衣。"他的同伴表示赞同。

　　两个商贩下了车，走到列那狐跟前。列那狐憋足劲，一动也不动，装死装得更像了。他们把列那狐翻过来，又捏住他抖动几下，发现那身漂亮的毛皮是件值钱的上品。

　　"这张皮能卖 4 个索尔。"那个眼睛最尖的鱼贩说。

　　"不止 4 个索尔，起码能卖 5 个索尔。给我 5 个索尔我还不想卖呢！"他的同伴似乎比他更懂行情。

　　"把他扔到车上吧！到了城里我们再收拾他的皮，卖给皮货商。"两人顺手便把列那狐扔到了马车后面的鱼筐边上，就爬上车继续赶路了。

你们一定会猜到，这只奸计得逞的狐狸在车上会笑得多么开心！这辆车上的鱼足够他一家人吃上好一阵子。

列那狐心里虽然高兴极了，但在车上还是小心翼翼。他悄悄地用他锋利的牙齿咬破了一个鱼筐，然后把头伸进去津津有味地吃起鱼来。

列那狐一口气就把至少 30 条鲱鱼塞进了肚子，虽然没有作料，但列那狐很满足。

列那狐吃饱了，并没有下车逃跑。他还要给他那饿极了的老婆丽舍和孩子们找食物吃呢！这可是难得的好机会啊。于是，列那狐又咬开了另一个鱼筐。这一筐是鳗鱼。他先自己尝了一条，看看是不是新鲜。他不能让他的老婆、孩子因为吃了不新鲜的鱼而拉肚子。在确认鱼新鲜后，列那狐把几条鳗鱼串起来挂在自己的脖子上，好像一条项链，然后就从车后面跳了下来。虽然他小心翼翼，但还是发出了一点响声。

那两个赶车的鱼贩听到响声回过头来，看到那只死狐狸竟然神奇地复活，并从车上逃跑，惊讶得目瞪口呆，一时没明白是怎么回事。得意扬扬的列那狐向他们喊道："愿老天保佑你们，我的朋友们！我的皮还是寄存在自己身上，让皮货商少掏 5 个索尔吧！谢谢你们送给我鳗鱼啦，我没都拿走，给你们留了最好的！"

鱼贩们这才明白被列那狐捉弄了。他们气急败坏地停下车，去追赶列那狐。列那狐比他们跑得快，鱼贩们虽然用尽全力，跑得上气不接下气，还是没有追上。列那狐飞快地翻过篱笆，消失在树林里。两个鱼贩无奈，只得垂头丧气地回来上了车。

列那狐一口气跑回家，与正在挨饿的一家人相会。丽舍满脸笑容，迎接出征归来的丈夫，看到列那狐的脖子上挂着的那串"鱼项链"，毫不掩饰内心的狂喜。她对丈夫的战果很是满意，向丈夫表示热烈的祝贺。列那狐的孩子贝尔西埃和马尔邦什虽然还不会打猎，却早已学会做饭。他们哥俩生起火，把鳗鱼切成段，用铁棒穿起来，放在火上有模有样地烤着。

丽舍给累了一天的丈夫洗脚，也没有忘记擦洗他那身值 5 个索尔的漂亮的毛皮。

鱼贩们不但没有赚到卖狐狸皮的钱，反而让列那狐弄走了不少鲜鱼，吃了很大的亏。有些事情表面上看起来很美好，让我们对它疏于戒备。但是，这美好的表面背后其实隐藏着很多危险和陷阱，我们一定要提高警惕。

·学习任务群·

列那是季诺夫人笔下一只家喻户晓的狐狸，它欺凌弱小，贪吃狠毒，做尽了坏事，是可恶的。可是它在每一次行动中发挥出来的机智和聪慧，又让人心生佩服与喜爱。你可以找来《列那狐的故事 心灵成长美绘版》读一读，更加深入了解这只小狐狸。

中欧

➤ 德国 ➤

格林兄弟：《小红帽》

很久很久以前，有个十分可爱、人见人爱的小女孩。每个人都很喜欢她，不过最爱她的，还是她的外婆——这位老人家，恨不得把自己所有最好的东西，全都给她。外婆曾经送过她一顶用红色天鹅绒缝制的小帽子，这顶帽子戴在女孩头上，格外合适，于是，她就成天成天地戴着这顶帽子，什么别的都不愿戴。久而久之，别人就都管她叫"小红帽"了。

有一天，妈妈对她说："过来，小红帽，这儿有块蛋糕，还有瓶葡萄酒，我希望你能够把这些给外婆送去。你知道，外婆现在病了，身体很虚弱，吃了这些，多少能够恢复些精神。现在，趁着天还不太热，赶紧出门。路上千万要小心，不许离开大路，四处乱走，如果你在林间摔了一跤，打碎了酒瓶，弄翻了蛋糕，就没有东西能给外婆了。进了屋子以后，别忘了跟外婆说'早上好，外婆'，也不许东瞧西看。"

"放心放心，我会把事情都办妥的。"小红帽对母亲举手发誓，做了保证。

外婆独自住在大森林里，从村子这边走路过去，需要半个小时。小红帽才刚在森林里走了一小会儿，就遇到了一只野狼。天真的小红帽并不知道狼是种很坏的动物，所以并不怕他。

"早上好呀，小红帽！"野狼开口对她说道。

"谢谢你，狼先生，也祝您早晨愉快。"

"小红帽，你这么早出门，是要到哪儿去呀？"

"去外婆家。"

"你的篮子里装了些什么呢？"

"蛋糕和葡萄酒，蛋糕是我们昨天才烤的。生病又虚弱的外婆，吃了这些之后，多少会有些帮助，身体也会很快好起来。"

"小红帽，你外婆住在哪儿呀？"

"大概还要在森林里走个一刻钟多点，走到三棵大橡树前面，她的屋子就在那儿，屋檐下面围着一圈核桃树篱墙。你肯定知道那个地方。"小红帽答道。

听到这番话，野狼心里盘算道："这个美味的小东西，一口吞下去的话，相比那个住在林子里的老女人，自然要美味得多。但是我必须处理得小心些，只有这样，才能把两个都吞到肚子里去。"

就这样，野狼和小红帽同行了一会儿，然后，他开口对小红帽说道："小红帽，看看那边那些美丽的花儿，就是那边树下长着的那圈……你为什么不走近些，亲眼去看看呢？我猜，你虽然身在林间，却肯定连鸟儿们的美妙鸣唱声，都没办法去听个清楚，对吗？你就这么直愣愣地走，跟每天走去上学又有什么分别？哎，此刻置身森林深处，是多么美妙啊！"

小红帽睁大眼睛，朝着野狼指的方向看去。她看到一束一束的阳光在林间跳跃，林中的每一个角落，都开满了五彩缤纷的花朵。于是，小红帽不觉想道："如果我能带一把新摘的花束给外婆，她拿到之后，肯定会很开心的。何况，现在天还很早，我有足够的时间来做这件事。"

暗自决定之后，她便离开了大路，跑进了森林里，开始寻找适合做花束的野花；哪承想，她每摘起一朵花，马上就觉得，自己还能在不远处找到一朵更美丽的。于是，小红帽不知不觉地遁入了林间深处，离大路越来越远了。

趁着小红帽摘花的工夫，野狼以最快的速度赶到了外婆家，敲响了房门。

"来的是谁呀？"

"是我，小红帽。我给您拿了些蛋糕和葡萄酒过来。开开门吧！"

"你自己把门闩压一下吧。"外婆说，"我现在实在是太虚弱了，没办法从床上爬起来。"

野狼压了一下门闩，门开了。他走了进去，一句话不多说，蹿到外婆床边，把外婆一口给吞了下去。做完这一切后，野狼穿上外婆的衣服，把她的睡帽戴在自己头上，躺到了外婆的床上，并把窗帘拉得紧紧的。

与此同时，小红帽还在森林中四处找花。当她采了很多花，多到两只手都拿不下时，才想起外婆的事。于是，她返回大路，去了外婆家。到了之后，她感到很奇怪，因为房门是开着的，走进屋子里，给人的感觉也很古怪。小红帽心想："欸，我的天哪，为什么今天进到这房子里，会觉得如此心神不宁呢？一直以来，我可都是很喜欢待在外婆家的。"

她大声喊道："早上好，外婆！"却没有得到任何回应。

于是，小红帽来到外婆床边，把所有窗帘都拉开了：她看到自己的外婆躺在床上，睡帽檐拉得低低的，遮住大半张脸，样子十分奇怪、陌生。

"哎，外婆呀，你的耳朵可真大啊！"

"这样才方便听你说话啊。"

"外婆，你的眼睛也好大啊！"

"这样才方便把你看清啊。"

"外婆，你的双手也好大啊！"

"这样才方便紧紧抱你啊。"

"还有，外婆，你的嘴巴怎么那么大，大得好吓人啊！"

"这样才方便吃掉你呀！"

野狼连话都等不及说完，就张着大嘴从床上跳下来，一口把小红帽给吃掉了。

填饱肚子的野狼，重新爬回到床上，转眼便睡熟了，鼾声惊天动地。

就在这时，有位猎人恰巧从屋外经过。听到鼾声，心里想着："想不到，那老女人的鼾声竟这么有劲儿。我最好进去看看，她是不是出什么事了。"

猎人走进屋子，来到床前，看见野狼躺在那里。

"这匹无恶不作的野狼，竟然会在这里。"猎人说道，"我找你可找了好长时间。"

猎人原本已经把猎枪举到肩前，准备开枪了。不过，一想到这匹野狼很可能把外婆给吞了下去，现在可能还有机会把她给救出来时，他就把枪放到了一边，转而取来一把剪刀，打算把野狼那明显鼓鼓囊囊的肚皮给剪开。才剪了几刀，他就已经看见了小红帽那顶红天鹅绒的帽子，又剪了几刀之后，女孩便从野狼的肚子里跳了出来，大声喊道："啊，我可真被吓坏了！狼的肚子里面真黑，简直伸手不见五指。"

接下来，外婆也活着从野狼肚子里爬了出来——她几乎要喘不上气来。小红帽赶紧捡了一大堆很重的石头回来。他们一起用这堆大石头填满了野狼的肚子。野狼醒过来之后，想要从床上一下子蹦起来，但他肚子里的石头实在是太重了。野狼马上就倒在地上，一命呜呼了。

外婆、小红帽，还有猎人，见到此情此景，三个人都感到十分高兴。猎人把野狼的皮给剥了，带着皮回家去了。外婆吃掉了小红帽带来的蛋糕，喝了她带来的葡萄酒，恢复了健康。小红帽心里想的却是："以后，只要我还活着，当妈妈不允许我离开大路时，就绝对不要再独自去走小路了。"

听说，之后又有一次，当小红帽给外婆送饼干时，另一匹野狼过来跟她说话，想把她引离大路。小红帽很好地保护了自己，没有听野狼的话，仍旧直直地沿着大路行走。到了外婆家后，她对外婆说，自己在过来的路上遇到野狼了，虽然他十分热情地向她问好，但他眼神中的恶意却分明在说："一旦不在这宽敞的街道上了，我就要把她给吃掉。"

"快过来，"外婆对小红帽说，"我们把大门关得紧紧的，这样一来，他就进不来了。"

过了不久，野狼过来敲门，并且大声喊道："快开门，外婆，我是小红帽，我给你带饼干来了。"

她们待在屋子里，一言不发，什么都不回应，也不开门。没办法，那个灰脑袋的家伙绕着屋子转了好几圈，最后跳到了房顶上。野狼打算在那里等着，等到小红帽晚上回家时，再跟在她的后面，走到某个黑咕隆咚的地方，一口把她吞掉。不过，外婆早已看穿了野狼动的什么心思。屋子前面正好有一个很大的石头水槽，奶奶就对身边的孩子说道："拿上这只水桶，小红帽，昨天我煮了些香肠，这些是煮香肠时用过的水，去帮我倒进水槽里吧。"

小红帽提了很多水，直到那个很大、很大的水槽被装满了，才停下来。

香肠的味道飘进野狼的鼻子里，他开始嗅来嗅去，往下张望。最后，因为脖子伸得太长，没办法稳住身体，开始从屋顶上往下滑：野狼从屋顶上滑了下去，正好掉进那大大的水槽里，淹死了。

小红帽开心地回家去了，从此再也没有任何人来伤害她了。

格林兄弟：《汉塞尔与格莱特》

在一座大森林的边缘位置，住着一个贫穷的樵夫，他有一个妻子和两个孩子，儿子名叫汉塞尔，女儿叫格莱特。这家人即使是在最好的年景里，也穷得揭不开锅，而此时全国都在闹饥荒，他们家的情况也可想而知——当父亲的，甚至连每天要吃的面包都买不起。

有天晚上，樵夫躺在床上，为自家的贫穷发愁，连觉都睡不好了。他叹了口气，对自己的妻子说道："我们家未来会变成什么样儿啊？连我们自己都没办法吃饱，又怎么能供给那两个可怜孩子呢？"

"我告诉你该怎么办，我的丈夫。"妻子答道，"明天一大早，我们就把孩子们带到森林里树木最茂盛的地方，把他们弄得舒舒服服的：点一团篝火，为他们取暖；每个人手上塞一小块面包，免得挨饿。然后，我们就自己管自己的事，把他们留在那儿，看他们自己的造化了。这两个孩子是没有办法找到回家的路的。如此一来，我们就可以卸下包袱。"

"不行，我的妻子。"丈夫说道，"我绝对不会那样做的。我怎么狠得下心，把亲生孩子给遗弃在大森林里！我们一走，森林里的猛兽们马上就会过来，把他们给撕成碎片，生吞活剥掉的！"

"你还真是个大傻瓜。"妻子说道，"如果我们不甩掉他们，最终四个人都会饿死。如果你不打算那样做，就只能开始准备厚木板，为我们全家人打四口棺材了。"

她就这样一直缠着他，逼他就范。最后，樵夫终于同意了妻子的提议。

"可怜的孩子们，做了这件事，我会一辈子内疚的。"丈夫说道。

因为太饿，两个孩子根本就没办法入睡。那个继母跟他们亲生父亲所讲的每一句话，他们都听在了耳朵里。

格莱特伤心地哭了，她小声地对哥哥说道："噢，汉塞尔啊，我们就快死了！"

"嘘——格莱特，"汉塞尔说，"别担心！我知道我们应该怎么办。"

大人们睡着之后，汉塞尔就从床上爬了起来，穿上自己那件小外套，悄悄打开半边门，偷溜了出去。那天晚上的月光很明亮，屋前的鹅卵石小路，在月光的辉映之下，就像一条铺满了银币的辉煌大道一般。汉塞尔蹲了下去，把自己的两只口袋里都塞满了鹅卵石。

然后，他回到屋子里，小声对格莱特说："别担心了，亲爱的妹妹。现在安心睡吧。"说完，他就回床睡下了。

黎明破晓时分，太阳都还没从东方升起呢，继母已经走了进来，把两个孩子给叫醒了："快起来吧，你们这两个大懒虫！今天，我们要一起去森林里拾柴火了。"

说完后，她塞给汉塞尔和格莱特一人一片干面包，嘱咐道："这是为你们准备的午餐，不要提前吃，吃完就没有了。"

因为汉塞尔的口袋里放满了鹅卵石，格莱特把这两块干面包都收进自己的围裙里。全家人一起出发，往森林里去了。走了一小会儿之后，汉塞尔停下脚步，回头望了眼自己的家。又走了一小会儿，汉塞尔又停下来，再次回头眺望。如此好几次之后，父亲终于忍不住对他说道："汉塞尔，你在回头望什么呢，瞧瞧，都落后我们好大一截了。留心自己脚底下，好好赶路。"

"哎，爸爸，"汉塞尔说，"我在看我养的那只小白猫呢，它正坐在屋顶上，想要跟我说再见。"

"傻孩子。"继母说，"那才不是你的小白猫——是初升的太阳，刚刚爬到我们家的烟囱边上。"

其实，汉塞尔之所以会停下脚步，并不是真的回头看自己的小猫，而是从自己的口袋里取一块鹅卵石出来，扔在走过的路上。

当他们走到森林的中心位置时，父亲开口说道："好了，快去捡些柴火来吧，孩子们。我留在这里，给你们生一堆火。这样，你们就不会觉得冷了。"

汉塞尔和格莱特四处收集小细树枝，捡了很大一堆，父亲帮助他们把那堆树枝点燃。见到篝火烧得很旺之后，继母开口说道："快点，你们这两个孩子，快到那篝火旁边坐下，好好休息吧。现在，我们要到森林里去砍些柴了。等到做完事后，我们会回来接你们的。"

大人们走了，汉塞尔和格莱特并排坐在篝火旁边。当他们觉得差不多已到中午时，便把两块干面包取出来吃掉了。他们能够听到不远处传来斧头砍树的声音，并因此感到安心，认为自己的樵夫父亲就在不远的地方做事；可事实上，那声音并不是斧子砍树的声音，而是樵夫故意系在一棵死树上的枯枝所发出的响动：风把枯枝吹得来回摆动，撞在死树上——那声音跟斧头砍树的声音，简直一模一样。

汉塞尔和格莱特在那儿坐了很久，慢慢地，他们的眼皮开始不听使唤。眼睛闭上后，很快便进入了梦乡。

当他们终于醒过来时，天已经黑透了。格莱特十分害怕，开始哭了起来，并且抽泣道："我们怎么才能从这大森林里逃出去啊！"

"等一会儿，等到月亮升起来就好了。"汉塞尔安慰她，"月光洒下来之后，我们就能找到回家的路。"

正说着，满月便升起来了，月光洒落下来，十分明亮。汉塞尔之前扔下的白色鹅卵石，在月光的照耀下，亮得就像刚刚铸成的银币一般，指明了回家的道路。汉塞尔牵起妹妹的手，顺着月光的足迹，向着家的方向走去。他们走了一整晚，黎明破晓时，终于回到了樵夫的房子前。

大门紧闭，他们只好用力敲门。继母过来开了门，看到门外站着的是汉塞尔和格莱特时，马上开口说道："你们这两个坏孩子！怎么会在那森林里睡了那么长时间？我们还以为你们不愿意回来了呢！"

继母的话不过是敷衍而已，父亲却是由衷高兴——他根本就不想和自己的亲生骨肉们分开。

日子没过多久，食物又开始紧缺起来，饿殍遍地，民不聊生。又是一天晚上，汉塞尔和格莱特听见继母对他们的父亲说："大事不妙，我们只剩下最后半条面包了。吃完这些之后，我们就要等着饿死了。我们必须把孩子们送走，这一次，如果我们把他们带到森林里足够深的位置,他们肯定就再也没办法找到路回来了。否则,我们家就真的是无法可想了。"

听到妻子的这番话后,樵夫的内心感到十分沉重,他心里想着:"不如就把这最后的一点面包也分给孩子们吃吧,难道这样就不行吗?"

可惜,无论他说什么,都是徒劳,妻子什么也不听,只是不停地责骂他,埋怨他没有用。世上的事总是这样:既然做得了一次,就还能来第二次。一旦屈从一次,之后就再也抬不起头来,只能不停屈从下去了。

孩子们仍旧醒着,完完整整地听见了大人们的对话。当大人们睡着之后,汉塞尔又爬了起来,想要和上次一样,出去捡鹅卵石。可这一次,继母提前把门锁了起来,并且藏起了钥匙。不过,即使这样,汉塞尔在回到床上时,还是一样安慰了妹妹,对她说道:"别哭,格莱特。好好睡吧,仁爱的上帝将会帮助我们。"

第二天一早,和上次一样,继母过来叫醒了孩子们,给了他们一人一片干面包:这次比上次的还要小。在去森林的路上,汉塞尔悄悄把自己口袋里放着的那片面包掰碎,以面包屑代替鹅卵石,撒在走过的路上。每撒一点,他都要回头看看,确保在回来的路上能够看见它们。

"汉塞尔,你总是停下来看什么呢?"樵夫催促道,"好好走你的路。”

"我在看我养的那只小鸽子，它正停在屋顶上，想要和我告别呢。"汉塞尔答道。

"傻瓜。"继母说，"那才不是你的小鸽子。不过是初升的太阳，刚刚爬到我们家的烟囱边上而已。"

汉塞尔还是继续把口袋里的面包掰碎，撒在走过的路上。这一次，继母将孩子们领进了密林深处，他们活到现在都还没有亲自来过的地方。还是和上次一样，又生了一堆篝火，继母对他们说："你们这两个孩子，好好坐在篝火边，不许到处乱走。如果觉得困倦了，可以稍微睡一会儿。现在，我们要到森林里去砍些柴了。等到做完事后，我们会回来接你们的。"

到了中午，因为汉塞尔已经把自己那块干面包全部用掉了，两人就把格莱特那一小块分着吃掉了。吃完之后，他们开始觉得困，和上次一样，很快就互相偎依，进入了梦乡。一整天很快过去，根本没人回来接这两个可怜的孩子。

天黑之后，他们醒了过来，汉塞尔安慰妹妹道："现在只管等着吧，格莱特，等到月亮升起来后，我们仔细找那些之前撒下的面包碎屑，就能认清回家的路了。"

说着说着，月亮已渐渐升起，他们开始寻找面包碎屑，但是，兄妹俩却什么都没有找到。原来，森林和田野里住着上千只鸟，它们飞来飞去，早就把汉塞尔辛苦撒下的面包屑给啄食得一干二净了。

"别急，我们会找到路的。"汉塞尔说。

但是，不管兄妹俩往哪个方向走，都没办法找到回家的路。他们走了整整一夜，又走了整整一天，还是没办法找到逃出森林的路。他们饿得要命，因为这两天时间里，只在野地里找到了一点点莓果充饥。最后，他们终于连路都走不动了，只得躺倒在一棵大树下，立即就睡着了。

醒来之后，已经是离家第三天的早上，他们又开始走了起来。可是，不但不能走出去，森林反而变得越来越繁盛、茂密。如果不能尽快得到帮助，他们就要死在森林里了。

这天中午，他们遇见了一只全身上下像雪一样白的小鸟。这只小鸟坐在附近一棵树的枝杈上，不住鸣叫，那叫声就像歌声一般美妙动听。因为叫声太过动听，汉塞尔和格莱特不觉停下脚步，十分专注地听它鸣唱起来。唱着唱着，小鸟突然展开翅膀，向前方某处飞了一小段距离，落在了另外一棵树上，继续鸣唱。兄妹俩不知不觉跟了上去。就这样走走停停了好一会儿，他们眼前突然出现了一个小屋子。鸟儿停在了那屋子的屋顶上。当两个孩子走到屋子前面时，发现这房子四面的墙壁，是用面包做的；房子的屋顶，是用蛋糕做的；还有窗户，全部都是用白亮亮的糖果砌成的。

"我们可要在这儿大显身手了！"汉塞尔说，"享受一段美好的用餐时光。我要先吃一块屋顶，格莱特，你可以试着吃吃窗户——那味道，肯定甜到不行。"

汉塞尔说完就爬上屋顶，掰下来一小块，想要试试味道。格莱特直接把一扇窗户给卸了下来，大嚼特嚼了起来。就在这时候，兄妹俩听到糖果屋里传来了一个温柔的声音："啃呀，啃呀，啃不停，咬我屋子的人啊，究竟是谁？"

孩子们随口答道："是风哪，风是打天国上来的孩子。"

回答完之后，他们又开始吃了起来，一点没让自己的食欲受影响。汉塞尔特别喜欢屋顶的味道，在吃完刚才那一小块后，他又掰下了很大一块；格莱特则是十分小心地取下一整块糖做成的圆形窗玻璃，坐下来，按照自己中意的节奏，把它消灭干净。

突然之间，糖果屋的门开了，一个跟化石一样老的老太婆手里拄着拐棍，从屋子里蹒跚跟跄地走出来。汉塞尔和格莱特被她给结结实实地吓了一跳，手里拿着的食物，也被吓得掉到了地上。老太婆冲他们一阵摇头晃脑，然后开口说道："小甜心们！什么风把你们给吹来的？赶快进来，我的小心肝儿，到我的糖果屋里面来休息休息——对你们不会有任何坏处。"

老太婆一手挽着一个孩子，带他们进了糖果屋。屋子里，上好的晚餐已经准备好了，餐桌上摆着牛奶、撒满糖粉的馅饼、苹果和坚果。吃饱喝足之后，两张床单雪白的小床，也已经预备好了。汉塞尔和格莱特上了床，感觉好得就像在天堂一样。

天底下哪有这么好的事情！实际上，那老太婆不过是装得十分友好而已，她的真实身份，其实是个邪恶的老女巫。她之所以建起这座糖果屋来，不过是想要诱拐小孩而已。一旦捉到孩子，她都会杀掉、烹煮，最后吃掉他们。因此，逮住孩子的那天，对她来讲，简直就是个难得的节日。这个老女巫有红眼病，视力不太好，没办法看到很远的地方。不过，取而代之，她的嗅觉十分敏锐，简直跟林间的动物一样，如果有人类经过，她马上就能知道。刚才，在汉塞尔和格莱特远远走近糖果屋时，她就已经闻到味道了。只听她邪恶地怪笑着，用讥讽的语气说道：

"这两个孩子是我的了，他们到死也逃不出我的手掌心。"

第二天一早，孩子们还没睡醒呢，老女巫就急不可耐地从床上爬起来，到汉塞尔和格莱特的房间，观察他们相互偎依、熟睡的样子。看到孩子粉嫩的小脸蛋，她情不自禁地呢喃道："味道肯定好极了。"

她突然伸出自己干枯的手，一把抓起汉塞尔，把他给拖到了一个小棚屋里。老巫婆把汉塞尔锁进了一只笼子。尽管汉塞尔不停呼救，也没有任何人能够听到他的喊叫声。

做完这一切之后，老女巫回到糖果屋里，摇醒了格莱特，对她说道："快起床，你这懒家伙！给我到水井那边去打些水回来，然后，再想办法给你哥哥弄点好吃的。他现在正被关在棚屋里，我希望能够再把他养肥点。等到养得足够肥了，我就要把他给吃掉！"

听到女巫的话，格莱特吓得哭了起来。但即使哭泣，也于事无补：她不得不按照邪恶女巫的吩咐去行事。

每天，汉塞尔都能吃到美味可口的食物，而格莱特——当哥哥吃龙虾时，她就只能吃他吐出来的龙虾壳。每天早上，老女巫都会踉跄蹒跚地走到棚屋里，拄着拐棍，大声喊道："汉塞尔！把你的手指伸出来，我想检查一下，看你是不是够肥了。"

但汉塞尔很聪明，每次女巫这样说时，他就把一根吃剩的骨头从笼子的缝隙里伸出去。因为女巫有红眼病，看东西都是模模糊糊的，就会把这骨头当成是汉塞尔的手指去摸。每一次乘兴而来，她都不免败兴而归。老女巫搞不明白，为什么这孩子就是养不肥呢？

眨眼过去了四个礼拜，老女巫感觉汉塞尔还是一点都没长胖。她再也忍不住了，就算是没能把男孩养胖，就这样吃掉也还是可以的。于是，她马上对女孩喊道："嘿，格莱特！赶快去多打点水回来，把大锅装满，煮上。管汉塞尔是肥还是瘦，圆圆滚滚还是皮包骨头，我明天都要把你哥哥剖心开肚，炖一锅浓汤，来好好享受一番了。"

唉，可怜的妹妹该有多伤心哪！她一边哭个不停，一边打来水，为烹煮自己的哥哥做准备，泪水都落到了将要用来煮她哥哥的锅子里！

"仁爱的上帝，帮帮我们！"她反复呼唤道，"哪怕是被森林里的野兽吃掉都好，起码我们还能死在一起啊！"

"还是省点眼泪吧，"老女巫说，"你这样做，一点儿用都不会有。"

第二天早上，格莱特把装满水的大锅挂起来，下面生上了火。

"我们需要先烤点面包。"女巫说，"我已经揉好面，烤箱也预备好了。"

她把可怜的格莱特拽到大大的烤箱门前。格莱特看到，如魔鬼舌头一般的火焰，正时不时地从烤箱里蹿出来。

"爬进去，看看里面够不够热，我才好烤面包。"女巫对格莱特说。

女巫打算在格莱特爬进去后，马上关上烤箱的门，把她也做成大餐，大快朵颐。但格莱特一眼就看穿了她的诡计，急中生智，对女巫说道："我搞不明白，我怎么可能进得去呢？"

"你可真是比鹅还蠢！"老女巫骂道，"烤箱的开口是足够大的。你瞧瞧，我自己就能进去。"

说完，她就躬下腰去，把脑袋放进了烤箱里。格莱特见状，马上抓住机会，用尽全身力气，从后面撞了她一下。结果女巫一下子就摔进了烤箱里。格莱特立即关上烤箱的门，并用一块铁板把门死死封住。恐怖的尖叫和哀号声，开始从烤箱里传出来，格莱特捂住耳朵，远远逃开了。最后，烤箱里的老女巫被活活烧死了。格莱特飞奔到棚屋那里，打开门，大声喊道："汉塞尔，我们安全了！那个老女巫已经死了！"

　　汉塞尔从笼子里跳出来，就像一只刚从囚笼里飞出来的鸟一般，喜出望外。现在，这兄妹俩简直开心极了！他们紧搂住对方的脖子，亲吻对方的脸颊，深情拥抱，大喊大闹，蹦蹦跳跳。再也没有什么需要害怕的东西了，他们跑进糖果屋里，检视每一个房间。他们发现，所有藏在角落里的瓶瓶罐罐里，都装满了珍贵的宝石。

　　"这些可比鹅卵石贵重多了！"汉塞尔一边说着，一边挑那些最好看的宝石，放进自己的口袋里。

　　看到汉塞尔这样，格莱特马上说："我也带些东西回家。"

　　说完，格莱特也把宝石放进自己的小围裙里，一会儿就放满了。

　　"好了，装得差不多了，我们该走了。"汉塞尔说，"得赶紧逃离这片女巫森林。"

　　走了几个小时之后，兄妹俩来到了一个大湖边。

"要想横渡这个大湖，可不是件容易的事情。"汉塞尔说，"看了半天，连座浮桥都没有。"

　　"也不像是有船的样子。"格莱特说，"不过，那儿有一只白鸭子。我来求求它，看它有没有办法带我们到湖的那一边去。"

　　说完，格莱特便向着白鸭子喊道："小白鸭啊，小白鸭，我们是格莱特和汉塞尔。湖面上没有浮桥，让我们乘到你雪白的背上吧。"

　　听到呼唤声，小白鸭马上朝他们游过来。汉塞尔爬到了它的背上，并且呼唤自己的妹妹，让她跟他一起坐过去。

　　"不行的。"格莱特回应道，"一次坐两个人的话，对白鸭而言也太重了。我们应该分两次过去，一次搭一个人就好。"

　　就这样,那只好心的小动物分两次把他们带到了大湖的对岸。当兄妹俩都安全上岸后，就又开始往前走了起来。不一会儿，眼前的森林开始变得熟悉。他们继续向前，终于在不远处看到了他们家的屋子，兄妹俩立即飞奔过去，冲到屋子里，扑进了自己父亲的怀抱。

　　自从把汉塞尔和格莱特送进密林深处之后，樵夫每天都在忍受着良心的煎熬，没有哪怕一刻真正开心过。孩子们走后不久，他的妻子就死了。

　　格莱特展开自己的小围裙，把里面装着的宝石用力一抛，只见光彩夺目、大大小小的珍珠和宝石在空中一晃，便掉落下来，在地上弹来弹去，落满房间的每一个角落。不只如此，汉塞尔也把自己口袋里装满的宝石用力抛出，一把接着一把，撒个不停。

就这样，他们一家人的生计问题都得到了解决，从此幸福快乐地生活在一起。

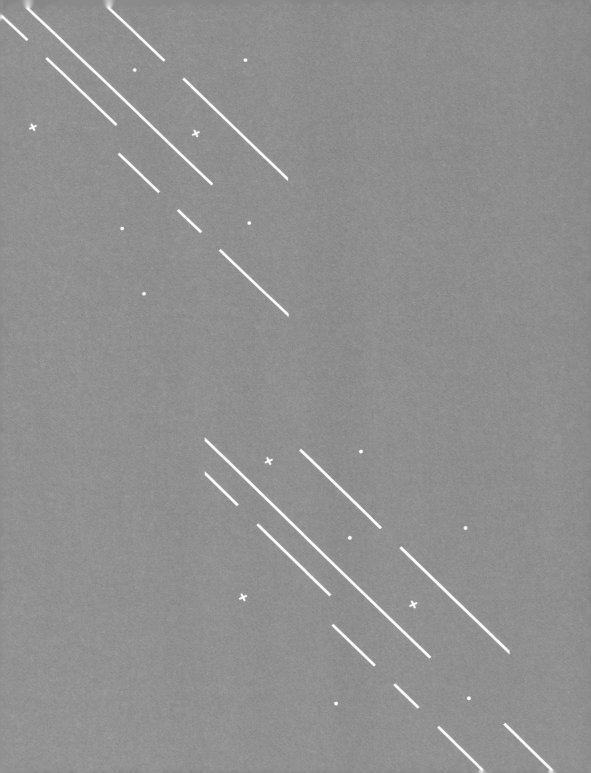

"成长读书课"分级阅读书目

一年级上
林焕彰 《不睡觉的小雨点》
〔苏〕阿·托尔斯泰 《拔萝卜》

一年级下
冰心、金波等 《和大人一起读诗》
林颂英 《小壁虎借尾巴》

二年级上
严文井 《"歪脑袋"木头桩》
陈伯吹 《一只想飞的猫》
孙幼军 《小狗的小房子》
金近 《小鲤鱼跳龙门》
〔德〕埃·奥·卜劳恩 《父与子》
张秋生 《妈妈睡了》
知音动漫 《曹冲称象》
陈模 《少年英雄王二小》

二年级下
张天翼 《大林和小林》
洪汛涛 《神笔马良》
〔苏〕瓦·卡达耶夫等 《七色花》
〔印〕泰戈尔 《愿望的实现》
冰波 《大象的耳朵》
冰波 《蓝鲸的眼睛》
金波 《古古丢先生的遭遇》

三年级上
吴然 《抢春水 珍珠泉》
〔德〕格林兄弟 《格林童话》
〔丹麦〕安徒生 《安徒生童话》
汤素兰 《开满蒲公英的地方》
张秋生 《小巴掌童话》
王一梅 《书本里的蚂蚁》
叶圣陶 《稻草人》
冰心 《寄小读者》
〔日〕新美南吉 《去年的树》
〔俄〕米·普里什文 《金色的草地》

郭风	《搭船的鸟》
辛勤	《一块奶酪》

三年级下

〔法〕拉封丹	《拉封丹寓言》
周锐	《慢性子裁缝和急性子顾客》
知音动漫	《中国古代寓言》
施雁冰	《方帽子店》

四年级上

郑振铎	《希腊神话与英雄传说》
葛翠琳	《野葡萄·山林童话》
〔俄〕屠格涅夫	《麻雀》
叶至善	《一只窝囊的大老虎·失踪的哥哥》
杨云	《中国神话传说》
方韬	《山海经》

四年级下

张天翼	《宝葫芦的秘密》
贾兰坡	《爷爷的爷爷哪里来》
高士其	《高士其科普童话故事》
〔苏〕伊林	《十万个为什么》
李四光	《穿过地平线》
巴金	《海上日出·鸟的天堂》
茅盾	《天窗》

五年级上

〔法〕季诺夫人	《列那狐的故事》
郭沫若	《白鹭·天上的街市》
黄蓓佳	《亲亲我的妈妈》
黄蓓佳	《你是我的宝贝》
许地山	《落花生·空山灵雨》
梁启超	《少年中国说》
黄晖	《非洲民间故事》
叶圣陶	《牛郎织女》
李唯中	《一千零一夜》
杨云	《中国民间故事》

	黄晖	《欧洲民间故事》
	闻一多	《七子之歌》
五年级下	赵丽宏	《童年的河》
	萧红	《呼兰河传》
六年级上	王愿坚	《灯光·小游击队员》
	李心田	《闪闪的红星》
	管桦	《小英雄雨来》
	老舍	《草原·北京的春节》
	鲁迅	《呐喊》
	鲁迅	《野草》
	范锡林	《竹节人》
	〔意〕亚米契斯	《小抄写员·爱的教育》
	〔苏〕高尔基	《童年》
六年级下	黄蓓佳	《今天我是升旗手》
	黄蓓佳	《我要做好孩子》
	朱自清	《匆匆》
	〔英〕丹尼尔·笛福	《鲁滨逊漂流记》
	〔瑞典〕塞尔玛·拉格洛夫	《尼尔斯骑鹅旅行记》
	〔英〕刘易斯·卡罗尔	《爱丽丝漫游奇境》
七年级上	鲁迅	《朝花夕拾》
	林海音	《城南旧事》
	冰心	《繁星·春水》
	〔美〕海伦·凯勒	《假如给我三天光明》
	沈从文	《湘行散记 新湘行记》
	孙犁	《白洋淀纪事》
	〔俄〕屠格涅夫	《猎人笔记》
七年级下	〔奥地利〕茨威格	《人类群星闪耀时》
	茅盾	《林家铺子·白杨礼赞》

老舍	《骆驼祥子·猫》
宗璞	《紫藤萝瀑布》
〔法〕儒勒·凡尔纳	《海底两万里》
〔清〕李汝珍	《镜花缘》

八年级上

朱自清	《荷塘月色·背影》
〔法〕玛丽·居里	《居里夫人自传》
〔法〕亨利·法布尔	《昆虫记》
〔美〕蕾切尔·卡森	《寂静的春天》
李鸣生	《飞向太空港》

八年级下

〔法〕罗曼·罗兰	《名人传》
朱光潜	《给青年的十二封信》
鲁迅	《故乡：鲁迅小说杂文精选》
〔苏〕奥斯特洛夫斯基	《钢铁是怎样炼成的》
〔美〕奥尔多·利奥波德	《沙乡年鉴》
傅雷	《傅雷家书》
朱自清	《经典常谈》

九年级上

艾青	《艾青诗精选：黎明的通知》
徐志摩、海子等	《希望·一代人：现当代新诗选》
李大钊 等	《革命烈士诗抄》
〔印〕泰戈尔	《泰戈尔诗选》
〔清〕蘅塘退士	《唐诗三百首》
南朝宋 刘义庆	《世说新语》
〔清〕蒲松龄	《聊斋志异》

九年级下

丁立梅	《小扇轻摇的时光 丁立梅纯美青春散文》
〔英〕乔纳森·斯威夫特	《格列佛游记》
〔俄〕契诃夫	《契诃夫短篇小说选》